미궁

테세우스와 미노타우로스

고명섭 장편소설

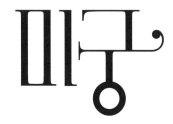

미궁

| 테세우스와 미노타우로스 |

사□계절

차례

1
미궁 · 9

2
모험 · 13

3
괴물 · 36

4
비극 · 57

5
어둠 · 62

6
징표 · 66

7
마음 · 80

8
만남 · 89

9
탄생 · 99

10
대결 · 111

11
추락 · 138

12
작별 · 154

작가의 말 · 167

우리 안에 미궁이 있다.
지혜의 실을 붙들고 그곳으로 들어가 보자.

1

미궁

밤의 고요 속으로 세상이 미끄러졌다. 검은 하늘에 박힌 별들이 수천 개의 눈을 깜박거렸다. 이제 막 배가 볼록해진 달이 부드러운 빛을 내려 나무와 집과 석상에 그림자를 만들어 주었다. 달빛이 없다면 밤은 폭군의 힘으로 사물의 윤곽을 빼앗아 아득한 어둠의 아가리에 넣어 버렸을 것이다. 흐린 그림자를 밟으며 남자와 여자가 빠른 발걸음으로 청동 문 앞에 이르렀다. 문은 사람 키보다 한참 컸고 한눈에 보아도 매우 묵직해 보였다. 두 사람의 얼굴이 달빛에 드러났다. 남자는 테세우스고 여자는 아리아드네다.

"여기가 라비린토스예요."

아리아드네가 미궁의 문을 가리키며 목소리를 죽여 말했다.

"아!"

테세우스의 입에서 자기도 모르게 낮은 탄성이 흘러나왔다. 테세우스는 청동 문을 걸어 잠근 단단한 빗장을 들어 올렸다. 빗장의 무게에 팔뚝과 어깨의 근육들이 일제히 팽팽해졌다. 핏줄과 힘줄이 살 속을 파고드는 거머리처럼 꿈틀거렸다.

"자, 이거요!"

아리아드네는 품속에 간직하고 있던 실꾸리를 테세우스 앞에 내놓았다.

"다이달로스가 준 거예요. 이걸 문고리에 묶고 실을 풀면서 들어가면 미로 속에 갇히지 않고 나올 수 있을 거예요. 다이달로스 말이 미로는 무척 복잡하지만 결국 한 길로 통해 있대요. 미노타우로스를 처치하고 나올 때 이 실을 붙들고, 들어온 길을 거꾸로 밟고 나오면 돼요."

테세우스는 아리아드네의 실꾸리를 받아 들었다. 가는 아마 실을 촘촘히 감은 꾸리의 무게로 짐작하건대 몇천 걸음쯤 풀리고도 남을 양이었다.

"돌아올 때까지 여기서 기다리고 있을게요. 아직 밤이니까 날이 새려면 멀었어요. 이 모습 그대로 돌아올 거라고 믿어요."

테세우스는 아리아드네의 눈을 바라보았다. 사랑스러움과 총명함이 가득한 아름다운 눈동자였지만 불안을 감출 수 없는 듯 초점이 흔들렸다.

"무슨 일이 있어도 그 믿음을 저버리지 않겠소."

테세우스의 말이 튼튼한 몸통에서 울려 나왔다. 주위를 경계하느라 최대한 낮췄지만 목소리는 단단해서 믿음을 주었다.

"아, 그리고 어둠에 먹히지 않으려면 의지와 용기가 필요하대요."

아리아드네가 '의지'와 '용기'라는 말을 표 나게 강조했다. 테세우스가 입에 힘을 주며 고개를 끄덕였다.

테세우스는 아리아드네의 손을 놓고, 시험하듯 두 손으로 청동 문을 밀어 보았다. '삐걱' 하는 소리가 밤하늘로 빠르게 솟아 퍼졌다. 문이 천천히 안으로 열렸다. 테세우스가 들어가자 문은 저절로 다시 닫혔다. 문이 닫히자마자 낯선 세계로 들어왔다는 느낌이 확 일었다. 문 하나를 사이에 두고 지상의 세계와 지하의 세계가 나뉘었다. 순간 테세우스의 몸에서 소름이 돋았다.

이곳은 다른 세상이다. 테세우스는 빠른 손놀림으로 청동 문 안쪽 손잡이에 아리아드네가 준 실을 맸다. 혹시라도 풀릴지 몰라 한 번 더 묶었다. 미궁 안은 밤길에 익숙해진 눈으로도 앞이 잘 보이지 않았다. 검은빛이 도는 우유를 엎질러 만들어 놓은 밤하늘의 은하수 길을 걷는 기분이 들었다. 그 순간 테세우스는 무언가 잊고 왔다는 걸 깨달았다.

'아, 횃불!'

어둠을 밝히는 불이 필요하다는 걸 생각하지 못했다.

'이렇게 어두울 줄 알았다면 횃불을 가져오는 건데…….'

테세우스는 다시 밖으로 나가 불을 구해 올까도 생각했지만, 이제 와서 횃불을 찾는 일도 쉽지 않을뿐더러 자칫 잘못했다간 잠든 왕궁을 깨울지도 모를 일이었다.

'어차피 횃불을 들고 와 봐야 오래 밝히지도 못할 텐데, 어둠에 눈이 익숙해지는 게 낫겠지. 횃불은 없지만 이 실꾸리가 있잖아.'

아리아드네가 준 실꾸리만 놓치지 않으면 어둠을 얼마든지 헤쳐 나갈 수 있을 것이다. 테세우스는 실을 든 왼손을 한 번 더 꽉 쥐어 보면서 오른손으로 칼자루를 더듬었다. 오는 길에 아리아드네한테서 받은 칼이다. 칼은 칼집에 꽂혀 왼쪽 옆구리 아래로 매달려 있었다.

'용기는 내 심장 안에 있으니, 이 칼만 잃어버리지 않으면 된다. 내 담력이 얼마나 큰지, 내 근육이 얼마나 강한지는 그동안 겪은 수많은 모험으로 충분히 입증해 보였다. 미노타우로스가 아무리 무시무시한 괴물이라고 해도 이 칼만 있으면 내 날랜 발과 무서움을 모르는 가슴으로 얼마든지 그놈의 목숨을 거둘 수 있다.'

테세우스는 지난날의 모험이 다 미궁의 미노타우로스를 상대하기에 앞서 벌인 연습 경기 같은 것이었을지도 모른다고 생각했다. 머릿속에서 지난 일들이 모자이크화처럼 흘러갔다. 트로이젠을 떠나 아테네로 오는 길에 겪었던 일은 다시 생각해 봐도 아찔했다.

2

모험

트로이젠을 다스리던 외조부 피테우스는 노파심이 들었다.
피테우스는 테세우스에게 안전한 뱃길로 가라고 벌써 몇 번
이나 당부했는지 모른다.

"산길은 너무 위험하다. 길목마다 흉측한 놈들이 줄줄이 버
티고 있다. 강도 산적이 한두 놈이 아니야."

일단 말을 시작하자 노인의 걱정은 순식간에 부풀어 올랐
다. 걱정 때문에 손자가 건장한 청년이라는 사실조차 잊어버
렸다.

"그놈들은 물건만 털어 가는 게 아니라 목숨도 빼앗아 간
다. 인정사정 봐주는 놈들이 아니야. 이놈들이 얼마나 많은 사
람을 잔학무도하게 죽였는지 너도 들어 봤을 것 아니냐. 바다
가 무섭다지만 그래도 산길에 비하면 뱃길이 안전하니 배를

타고 가라. 이러다가 네 아버지 얼굴도 보지 못하고 끔찍한 일을 당하지나 않을까 걱정이다."

트로이젠과 아테네 사이의 바다는 섬들이 징검돌처럼 연결돼 있어 그리 위험하지 않았다. 바람만 잘 타면 가는 데 시간이 오래 걸리지도 않았다. 그러나 테세우스는 자신의 용기와 힘을 증명해 보고 싶은 마음이 앞섰다. 아직은 죽음을 진지하게 생각할 나이가 아니었다. 생각이 깊지 않아서가 아니라 그 나이엔 죽음이란 게 그저 막연한 먼 미래의 일일 뿐이었다. 죽음은 내 일이 아니라 남의 일이었다. 위험은 가볍게 느껴졌고 모험이라는 말만으로도 젊은이의 가슴은 뛰었다.

"저는 정말 괜찮습니다. 위험한 길이니 가 보겠다는 겁니다."

손자가 거꾸로 할아버지를 달랬다.

"제 용기를 시험해 보고 싶어요. 산적들을 모두 처치하면, 포세이돈 신한테도 저를 자랑스럽게 내보일 수 있고, 또 아테네에 가서도 아이게우스 왕을 떳떳하게 만날 수 있을 거예요. 그리고 솔직히 말하면 영웅들과 겨루어 보고 싶은 마음을 누를 수 없습니다. 헤라클레스가 쌓은 업적을 저라고 해서 이루지 못하리라는 법은 없지 않습니까. 제 마음 이해하시잖아요. 제 야심에 어울리는 일을 해 보고 싶어요. 앞으로 일어날 일을 생각하면 피가 끓어오르고 심장이 뜁니다. 그러니 이제 제가 길을 떠날 수 있도록 해 주세요."

14

늙은 피테우스가 한사코 말리는데도 테세우스는 육로로 가겠다고 고집했다. 기력이 쇠하면 자신감도 줄어드는 법이다. 피테우스는 힘이라면 둘째가도 서러울 다 큰 손자에게 잔소리를 해 댔다. 그런 걱정이 아주 근거 없는 것은 아니었다. 보통 사람이라면 이런 충고를 들어야 마땅한 일이었다. 트로이젠에서 아테네까지 육로로 가자면 위로 솟은 초승달 모양 같기도 하고 둥그런 말편자 모양 같기도 한 반원형 길을 돌아가야 했다. 피테우스 말대로 그 길에는 잔인하기로 소문난 산적과 야수가 들끓었다. 그 길로 가다가 목숨을 빼앗긴 사람이 헤아릴 수 없이 많았다.

테세우스는 포세이돈과 아이게우스와 헤라클레스를 한꺼번에 떠올렸다. 어린 테세우스는 바다의 신 포세이돈을 아버지로 알고 자랐기 때문에, 항상 마음속에 포세이돈이 있었다. 테세우스는 포세이돈한테는 사랑을 받고 싶었고, 얼마 뒤면 만나게 될 친아버지 아이게우스에게는 인정을 받고 싶었다. 그리고 경쟁자 헤라클레스는 이기고 싶었다.

헤라클레스는 테세우스가 말귀를 알아듣기 시작했을 때부터 이름을 들어 온 동경과 선망의 대상이었다. 그리스 사람들 사이에서 첫손가락에 꼽히는 영웅 중의 영웅이 헤라클레스였다. 헤라클레스의 모험 이야기는 놀라운 사건으로 가득했고, 어린 테세우스의 상상력을 한없이 자극했다. 사람들이 해 준 이야기대로라면 헤라클레스는 요람에 있을 때 벌써 어른 팔뚝보다 굵은 커다란 구렁이를 목 졸라 죽였다. 성인이 된 헤라클레스는 화살을 맞아도 다치지 않는 네메아의 사자를 맨손으로 죽였고, 뱀 모양의 머리를 쳐 내고 또 쳐 내도 다시 자라나는 집채만 한 히드라를 없앴다. 지하 세계에 가서 머리가 셋 달린 개 케르베로스를 붙잡아 오기도 했다. 헤라클레스의 이야기를 들을 때마다 어린 테세우스는 상상의 날개를 타고 드넓은 세계로 날아갔다.

게다가 집안의 가계도상 헤라클레스와 테세우스는 가까운 혈연이었다. 같이 지낸 적은 없어도 테세우스 어머니 아이트라와 헤라클레스의 어머니 알크메네가 사촌 사이였다. 세상사가 다 그렇듯이 아주 멀리 있는 것은 호기심은 일으켜도 경쟁심을 부추기지는 않는다. 나와는 무관한 먼 나라 일이 될 뿐이다. 먼 데 있는 사람이 대단한 일을 해내면 인정하기도 쉽고 존경하기도 어렵지 않다. 하지만 가까운 곳에서 그런 일을 보게 되면 마음이 달라진다. 존경심 대신에 질투심이, 인정하는 마음 대신에 이겨 보려는 마음이 생긴다.

테세우스에게 헤라클레스는 너무나 압도적인 존재여서 존경심을 품지 않을 수 없었지만, 그렇다고 하더라도 헤라클레스가 하늘의 신도 아니고 몇 다리만 건너면 닿는 친척 사이니만큼 테세우스가 그 지상의 영웅에게 느끼는 경쟁심도 존경심 못지않게 컸다. 나도 헤라클레스처럼 강한 사람이라고 내보이고 싶은 마음이 테세우스 안에서 끓어오르는 것도 수긍

할 만한 일이었다. 길을 떠나는 테세우스는 사람들을 괴롭히는 강도와 괴물을 잡아 없애고 말겠다는 결심을 다지고 또 다졌다.

그러나 다른 한편에서 보면, 헤라클레스는 제 성질을 이겨내지 못하는 광기 어린 인간이기도 했다. 헤라클레스의 광기는 제 자신을 여러 차례 삶의 절벽으로 밀어 떨어뜨렸다. 광기는 헤라클레스가 테베의 왕 크레온의 큰딸 메가라와 결혼한 뒤 나타났다. 크레온은 헤라클레스가 적들의 공격으로부터 테베를 지켜 준 데 감사하는 마음을 딸과 결혼시키는 것으로 대신했다. 헤라클레스는 메가라에게서 세 아들 테리마코스와 크레온티아데스와 데이코온을 얻었지만, 어느 날 광기의 습격을 받아 세 아들을 모두 불 속에 던져 죽여 버렸다. 사람들은 헤라클레스가 제우스 신이 바람을 피워 낳은 아들이어서 제우스의 부인 헤라 여신이 헤라클레스를 미치게 만든 거라고 했다. 그러나 사람들 말은 믿을 게 못 된다. 진실을 들여다보면, 헤라클레스라는 인간 내면에 초인적인 능력과 더불어 자식이라도 분노가 일면 죽여 버리는 비정한 폭력성이 함께 있었음을 알 수 있다.

헤라클레스가 에우리스테우스에게 가서 12년 동안 종살이를 했던 것도 자식들을 죽인 죄를 씻으려는 것이었다. 거기서 헤라클레스는 열두 가지 위험한 임무를 다 마쳤다. 네메아의 사자 가죽을 가져오고, 레르나의 히드라를 처치하고, 케리

네이아의 암사슴을 산 채로 데려오고, 에리만토스의 멧돼지를 생포했다. 또 여러 해 동안 치우지 않은 아우게이아스의 넓디 넓은 가축우리를 알페이오스 강과 페네이오스 강의 물길을 끌어와 하루 만에 말끔히 청소했다. 이어 스팀팔로스의 새 떼를 몰아내고, 크레타의 난폭한 황소를 사로잡고, 트라케 사람 디오메데스의 암말들을 몰아오고, 아마조네스 여왕 히폴리테의 허리띠를 빼앗고, 게리오네스의 소 떼를 데려왔다. 또 헤스페리데스의 황금 사과를 아틀라스의 힘을 빌려 따고, 마지막으로 저승의 개 케르베로스를 끌고 왔다.

그러고 난 뒤에도 헤라클레스는 자기를 도와주러 온 이피토스라는 사내를 광란 상태에서 티린스 성벽 밖으로 내던져 버렸다. 그 죄 때문에 헤라클레스는 리디아의 옴팔레 여왕에게 팔려 가 3년 동안 노예 생활을 했다. 평생 밖으로 돌며 힘을 썼던 영웅은 여왕 밑에서 여자 옷을 입은 채 실을 잣고 바느질을 해야 했다.

헤라클레스의 모험이 알고 보면 자기가 저지른 죄를 씻으려고 떠맡은 것이었다는 데까지 테세우스의 생각은 미치지 못했다. 여자 옷을 입고 속죄의 시간을 보냈다는 사실도 건성으로 흘려버렸다. 테세우스의 눈에는 헤라클레스의 영웅다운 위대함만 보였고, 이 영웅의 다른 면, 광기에 찬 폭력성은 보이지 않았다. 헤라클레스 이야기는 영웅이 된다는 것이 인간성의 소중한 일부를 잃어버리는 일이 될 수 있음을 암시했다.

인간의 위대함은 그 위대함에 필적하는 폭력성과 잔인성을 짝으로 가지고 있을지도 모른다는 것, 선과 악은 한 뿌리이고 악은 선이 남긴 그림자, 선의 뒷면일 수도 있다는 것, 그 악을 이겨 내려면 선은 험난한 시련과 단련의 시간을 보내야 한다는 것, 젊은 테세우스의 생각은 아직 거기까지 이르지 못했다. 테세우스의 눈에 영웅의 뒷모습은 보이지 않았다.

작별 인사를 한 테세우스는 처음으로 어머니 나라를 떠나 이제껏 해 보지 못한, 모험으로 가득 찬 여행을 시작했다. 여러 번 들었던 대로 아테네로 가는 초승달 모양의 산길은 갖가지 위험이 쇠사슬처럼 이어진 곳이었다. 여행을 떠나기 전 테세우스는 그 산길을 지키는 산적과 괴물에 관해 알려 주는 정보들을 모았다. 산길을 많이 다녀 봤거나 거기서 죽을 고비를 넘기고 살아난 사람들을 찾아내 이야기를 들었다. 산길의 지형부터 산적들의 거처와 외모의 특징과 사람을 죽일 때 쓰는 수법까지 머릿속에 그림이 그려질 만큼 자세히 알게 되었다. 그렇게 미리 준비했기 때문인지 처음 가 보는 길인데도 벌써 몇 번 걸어 본 것처럼 느껴졌다. 떠난 지 얼마 되지도 않아 인적이 사라지고 길이 험해졌다.

'이거, 앞으로 일어날 일이 심상치 않겠는걸.'

그러나 모험심이 두려움보다 컸다. 에피다우로스에 이르러 테세우스는 첫 번째 시험에 들었다. 불의 신 헤파이스토스의 아들이라고 하는 페리페테스였다. 이 잔인한 야만인은 청동으로 된 몽둥이를 들고 다녔기 때문에 코리네테스, 곧 '몽둥이 장사'로 통했다. 페리페테스는 지나가는 사람을 붙잡으면 청동 몽둥이를 닥치는 대로 휘둘러 그 자리에서 죽였다. 테세우스는 페리페테스와 마주치자마자 굵고 길쭉한 몽둥이를 보고 그 몽둥이의 주인이 페리페테스임을 즉각 알아보았다. 몽둥이를 쥔 손아귀가 머리통만큼이나 컸다. 덩치 큰 장사를 앞에 두고 테세우스는 배에 힘을 주었다.

"네가 바로 몽둥이를 함부로 쓴다는 그 산적이로구나."

페리페테스가 눈을 부라렸다.

"나를 산적이라고 부르다니, 어디서 굴러온 개뼈다귀 같은 놈이냐. 그렇잖아도 몸이 근질근질하던 참인데 너를 이 몽둥이로 때려잡아서 울적한 기분이나 풀어야겠다."

페리페테스가 청동 몽둥이를 땅바닥에 쾅쾅 치며 테세우스에게 다가왔다.

"어디 한번 그 이쑤시개를 휘둘러 봐라. 네 힘이 얼마나 되는지 보자."

테세우스의 조롱 섞인 말에 페리페테스는 피식 웃었다.

"겁이 뭔 줄도 모르는 하룻강아지로구나."

테세우스는 말은 건방지게 했으나, 이런 무서운 산적을 대하는 건 처음이었기 때문에 자기도 모르게 몸이 바짝 조여들었다. 두 사람을 지켜보는 건 나무와 바위뿐이었다. 죽을 상황에 처하더라도 도움을 청할 곳이 없었다. 그러나 페리페테스가 상대를 너무 가볍게 보았다. 몽둥이 장사는 무거운 몽둥이를 세워 땅바닥을 내리치다 말고 한 손으로 들어 올려 도리깨를 돌리듯 빙빙 돌렸다. 그러더니 "받아라." 하고 소리치며 테세우스를 향해 달려들었다. 아래쪽에 있던 테세우스는 페리페테스가 달려들자 몸을 옆으로 휙 피했다. 페리페테스는 멈추지 못하고 앞으로 몸이 기울었다. 이때를 놓치지 않고 테세우스는 페리페테스의 등 뒤에 올라타 있는 힘을 다해 주먹으로 오른쪽 어깨를 내리쳤다. 페리페테스의 몽둥이가 땅바닥에 떨어졌다. 테세우스는 등을 눌러 페리페테스를 땅바닥에 고꾸라뜨린 뒤 떨어진 청동 몽둥이를 얼른 집어 들었다. 그리고 페리페테스가 죄 없는 희생자들에게 했던 대로 몽둥이로 뒤통수를 갈겼다. 페리페테스는 테세우스가 휘두른 몽둥이 한 방에 사지를 뻗어 버렸다. 뒤통수에서 피를 뿜는 페리페테스의 몸뚱이를 테세우스는 몽둥이로 사정없이 난타했다. 혹시라도 일어설지 모른다는 두려움 때문인 듯도 보였고, 몽둥이 한 방의 쾌감으로는 그동안 쌓인 긴장을 다 풀어내지 못하겠다는 투로도 보였다.

'생각했던 것만큼 무서운 놈은 아니었어.'

벌써 핏덩이가 된 페리페테스를 죽은 짐승 내버리듯 밀쳐낸 테세우스는 청동 몽둥이를 승리의 기념으로 챙겼다. 테세우스의 첫 번째 승리는 헤라클레스를 그대로 모방한 것이기도 했다. 적수를 처치할 때 적수가 쓰는 방식 그대로 돌려주는 것이 헤라클레스의 싸움 방식이었다. 헤라클레스는 올리브 나무 한 그루를 통으로 베어 내 커다란 몽둥이를 만들어서는 그 몽둥이로 키타이론 산의 사자를 때려잡은 적이 있었다. 헤라클레스는 사자 가죽을 벗겨 머리에서부터 뒤집어썼는데, 그것이 곧 헤라클레스를 상징하는 차림새가 됐다. 테세우스가 페리페테스의 몽둥이를 챙긴 것은 무의식중에 헤라클레스를 따라 한 것이었다. 그러나 테세우스는 얼마 가지 않아 페리페테스의 몽둥이를 숲 속에 던져 버렸다.

'내가 이걸 계속 들고 다닐 것까진 없잖아.'

몽둥이가 없으니 걸음걸이가 한결 가벼워졌다.

테세우스가 두 번째로 도달한 곳은 코린토스의 지협, 곧 육지와 육지를 연결하는 좁은 땅이었다. 이곳에서 테세우스는 시니스라는 도적을 해치웠다. 시니스는 피티오캄프테스, 곧 '소나무 구부리는 자'라는 별명으로 통했는데, 커다란 소나무의 낭창낭창한 꼭대기 우듬지를 확 잡아당겨 구부린 뒤 사람이 지나가면 도와 달라고 불러 우듬지를 대신 잡게 했다. 이곳 소나무는 탄력이 대단했다. 굵기가 팔뚝 만 한 우듬지는 생고무처럼 잘 휘어졌다. 멋모르고 소나무의 우듬지를 잡으면 시니스는 바로 옆의 소나무 우듬지를 잡아당겨 그 사람의 몸통을 묶어 버렸다. 우듬지를 잡고 있다 힘이 빠진 사람이 소나무 가지를 놓치면 다른 소나무가 반동하는 힘으로 사람 몸뚱이를 사정없이 허공으로 날렸다. 날아간 사람은 뾰족한 바위에 부딪혀 머리통과 갈비뼈가 으스러졌다.

테세우스는 이미 페리페테스라는 강자를 제압해 처치한 터였기 때문에 두려움은 줄고 자신감이 커진 채로 시니스를 만났다. 시니스는 테세우스가 다가오자 "거, 옆구리에 찬 칼이 값이 꽤 나가겠는걸." 하고 중얼거리고는 테세우스를 불렀다.

"이 소나무 좀 잡아 주시오."

시니스가 우듬지를 쥔 손을 가리켰다. 테세우스는 순진한 척 시니스의 말을 들었다.

"이렇게요?"

테세우스가 우듬지를 두 손으로 잡아당겼다.

"그렇지. 잘하는군. 많이 해 본 솜씨 같아."

시니스는 말을 끝내기가 무섭게 다른 쪽 소나무의 우듬지를 잡아채 테세우스의 몸을 감아 버렸다. 소나무 가지는 아주 능청능청해서 뱀처럼 몸에 감겨도 부러지지 않았다. 시니스가 킬킬 웃으며 말했다.

"이놈 잘 걸렸다. 손을 놓으면 너는 소나무 밥이 되는 거야."

그러나 시니스는 테세우스의 힘을 얕잡아 보았다. 테세우스는 제 몸을 감은 우듬지를 오른손으로 잡은 채, 왼손으로 잡고 있던 다른 우듬지를 놓아 버렸다. 한 손이 자유로워진 테세우스는 번개처럼 몸을 돌려 시니스를 잡아채더니 무릎으로 깔아뭉갠 뒤 우듬지를 풀어 시니스를 묶어 버렸다. 그리고 두

손으로 힘껏 시니스를 하늘로 던져 올리자 소나무 우듬지가 튕겨 나오는 힘까지 더해져 시니스의 몸뚱이는 허공을 붕 떠 가로지르더니 바위 전벽에 맞아 머리통이 깨져 버렸다. 고꾸라진 시니스의 입에서는 피거품이 일었다. 테세우스는 달려가 시니스의 몸뚱이를 들어 올려 한 번 더 바위에 던졌다. 숨이 끊어진 듯, 피거품이 멈추었다. 시니스는 자기가 저질렀던 방식 그대로 되갚음을 당했다. 테세우스는 송진이 묻은 손바닥을 닦아 내며 말했다.

"네가 바로 소나무 밥이다."

시니스를 없애 버린 길에는 이제 주인의 손아귀에서 벗어난 소나무 두 그루만 남았다.

에피다우로스와 코린토스 지협의 산적을 처치한 테세우스는 자신감이 차오르는 것을 느꼈다. 나쁜 놈들을 죽여 없애는 일이 주는 쾌감에 자기도 모르게 몸을 떨었다. 테세우스가 세 번째로 도착한 곳은 크롬미온이라고 부르는 곳이었다. 그곳에는 파이아라고 하는 암퇘지가 있었다. 파이아라는 이름은 그 짐승을 기른 늙은 여자의 이름이기도 했다. 노파가 죽고 난 뒤 파이아는 산속에 들어가 아무도 다룰 수 없을 만큼 사나운 괴물로 자랐다. 덩치는 다 큰 황소보다 컸고 입 양쪽으로 엄니가 상아처럼 길고 뾰족하게 튀어나왔다. 힘이 얼마나 셌던지 파이아가 달리다 나무에 부딪히면 나무가 뿌리째 뽑힐 지경이었다. 온몸을 감싼 털은 검은 바늘처럼 뻣뻣하게 솟아나 있었고, 커다란 콧구멍에서는 증기처럼 흰 콧김이 뿜어져 나왔다. 파이아는 엄니로 사람들을 받아 허공으로 올린 뒤 떨어지면 앞발로 몸을 짓밟아 죽였다.

테세우스가 크롬미온의 숲에 들어서자 사람 냄새를 맡은 파이아가 튀어나왔다.

'저 암돼지를 꼭 잡고 말겠어.'

테세우스는 이를 물었다. 테세우스는 헤라클레스가 살인 멧돼지를 잡아 유명해진 걸 떠올렸다. 헤라클레스는 에우리스테우스한테서 종살이를 할 때 에리만토스 산의 멧돼지를 잡아 오라는 명령을 받은 적이 있었다. 산으로 간 헤라클레스는 고함을 질러 멧돼지를 발이 푹푹 빠지는 눈 속으로 몰아넣은 다음 멧돼지가 지쳐서 움직이지 못하게 되자 산 채로 잡아 어깨에 짊어지고 돌아왔다.

에리만토스 산의 멧돼지가 얼마나 큰지 직접 보지 않아 알 수 없었지만, 파이아의 크기는 소문으로 들었던 것보다 훨씬 더 컸다. 크기만 보면 암돼지라고는 도저히 믿기지 않을 정도였다. 돼지가 아니라 괴수라고 불러야 실감이 날 것 같았다. 물러서지 않고 미친 듯이 달려드는 성질만큼은 멧돼지 습성 그대로였다.

"이거, 맛 좀 봐라."

테세우스는 숲에서 막 걸어 나와 저만치 서서 노려보고 있는 암돼지를 향해 주먹보다 큰 돌을 힘껏 던졌다. 돌은 빠르게 날아가더니 암퇘지의 콧구멍 사이를 정통으로 맞혔다. 파이아는 귀청이 떨어지도록 울부짖더니 발광한 듯 무서운 속도로 테세우스를 향해 돌진했다. 핏발이 선 파이아의 눈에는 짐승의 복수심이 이글거렸다. 테세우스는 레슬링 선수처럼 두 다리를 벌리고 서 있다가 돌진하는 암퇘지가 코앞에 이르자 몸을 살짝 틀면서 있는 힘을 다해 앞발을 걸어찼다. 암퇘지의 기다란 엄니가 테세우스의 옆구리를 스쳤다. 파이아는 체중을 실어 달려오던 관성 때문에 앞으로 꼬꾸라지더니 몇 바퀴를 굴렀다. 테세우스는 그대로 달려들어 뾰족하게 솟은 파이아의 두 엄니를 양손으로 틀어쥐고 머리통을 돌렸다. 오른쪽 엄니가 부러져 나가자 왼쪽 엄니를 잡은 채로 칼을 뽑아 암퇘지의 목에 찔러 넣었다. 칼은 파이아의 두꺼운 가죽과 지방을 뚫고 들어갔다. 파이아는 남은 힘을 다해 울부짖으며 네 발을 버둥거렸다. 파이아의 앞발이 테세우스의 갈비뼈를 쳐 하마터면 치명상을 입힐 뻔했다. 테세우스는 파이아의 몸통과 목과 머리통을 가리지 않고 찔러대다가 버르적거리는 앞발을 쳐 날려 버렸다. 파이아는 테세우스의 난도질을 당해 내지 못하고 숨을 몰아쉬다 늘어져 버렸다. 용암처럼 흘러나온 돼지 피가 땅바닥을 붉게 적셨다.

"멧돼지를 산 채로 잡지는 못했어도 어쨌든 이렇게 큰 놈을 해치웠으니 헤라클레스를 만나도 할 말이 있게 됐어."

테세우스는 죽어 널브러진 암퇘지를 내려다보며 중얼거렸

다. 멧돼지가 사라지자 산이 조용해졌다.

파이아를 없앤 테세우스가 네 번째로 만난 상대는 메가라로 들어가는 길목을 지키는 스케이론이라는 산적이었다. 스케이론은 자신의 이름을 따 스케이론의 바위라고 부르는 거대한 돌덩이들을 차지하고 앉아 지나가는 사람들을 불러 제 발을 씻기게 했다. 사람들이 발을 씻기려고 허리를 굽히면 스케이론은 그 순간 앞발로 힘껏 걷어차 사람들을 가파른 낭떠러지 아래 바다로 빠뜨렸다.

스케이론은 산적답게 외모부터 위압적이었다. 보통 사람보다 두세 뼘은 더 큰 키에 턱수염이 사자의 갈기처럼 늘어졌고 머리털은 제멋대로 자라나 덥수룩했다. 목소리는 얼마나 큰지 천둥이 치는 것 같았다. 스케이론은 테세우스를 보더니 늘 해 왔던 대로 커다란 목소리로 불러 세웠다. 보통 사람이라면 그 목소리만 듣고도 오금이 저릴 판이었다. 그대로 달아났다간 한 손에 잡혀 죽어 뼈도 못 추릴 것만 같은 위세였다.

"네가 내 발을 좀 씻겨 줘야겠다."

스케이론은 부탁하는 게 아니라 명령했다. 테세우스는 대꾸하지 않고 고분고분 말을 듣는 시늉을 했다. 스케이론의 발을 씻기러 다가가는 동안 테세우스는 이 큰 덩치를 어떻게 고꾸라뜨릴지 궁리했다. 발을 씻기려고 무릎을 꿇으면 스케이론은 발로 테세우스의 몸뚱이를 차 버릴 것이다. 그렇다면 스케이론이 발을 쓰기 전에 움직여야 했다. 테세우스는 스케이론의 거대한 발을 보았다. 걷는 데 쓰는 발이 아니라 차서 날려 버리는 데 쓰려고 키운 발인 것만 같았다.

테세우스는 발을 씻기려고 허리를 굽히는 듯하다가 스케이론의 두 발목을 양손으로 붙잡고 확 들어 올렸다. 기습을 당한 스케이론은 거꾸로 들려 머리통이 바닥에 떨어지면서도 테세우스의 가슴팍을 발바닥으로 힘껏 찼다. 하지만 곧바로 테세우스의 손이 족쇄처럼 스케이론의 두 발목을 쥤다. 스케이론은 한 번 더 테세우스의 가슴을 찼다. 발바닥이 심장을 감싼 갈비뼈를 타격했다. 테세우스는 격심한 통증을 느꼈으나 발목을 잡은 손을 놓지 않고, 산적의 두 발을 확 돌려 몸을 뒤집었다. 그리고 두 다리를 다시 새끼줄처럼 엮었다. 스케이론의 입에서 '악' 하는 소리가 새 나왔다. 테세우스는 젖 먹던 힘까지 다 짜내 무서운 완력으로 스케이론의 두 다리를 꼬아 꼼짝 못하게 무릎으로 짓누른 다음, 칼을 뽑아 스케이론 발목의 인대를 잘라 버렸다. 피가 솟구치자 거인의 입에서는 이제껏 내 본 적이 없는 비명이 터졌다. 테세우스는 다시 스케이론의 두 발목을 잡아 낭떠러지 아래로 내던졌다. 또다시 비명이 절벽을 타고 올라왔다. 파도가 바위 사이로 솟아올라 거품을 일으키며 절벽을 때리더니 스케이론의 몸뚱이를 삼켜 버렸다. 바위 사이로 솟아올랐다가 떨어지는 파도는 꼭 거대한 거북이 아가리를 내밀었다가 주검을 물고 들어가는 것처럼 보였다. 테세우스는 절벽 아래를 한참 동안 내려다보았다. 파도가 삼킨 산적은 흔적도 찾을 수 없었다.

'스케이론까지 해치웠으니 이젠 무서울 게 없다. 이만하면 히드라도 해볼 수 있을 것 같은데.'

테세우스는 영웅이 다 된 것 같은 기분이 들었다. 손바닥에는 스케이론의 굵은 발목을 잡았던 감각이 뚜렷했다. 테세우스는 스케이론의 발목을 떨쳐 내듯 손바닥을 서로 비볐다.

테세우스의 다섯 번째 적수는 엘레우시스에 있었다. 그곳을 지키는 자는 포악한 강도 케르키온이었다. 케르키온은 지나가는 사람들에게 레슬링 시합을 하자고 했다. 레슬링이 시작되면 상대방의 몸통을 옴짝달싹 못하게 조인 뒤 머리를 바위에 짓찧어 목숨을 빼앗았다. 케르키온은 테세우스를 보자 이제껏 하던 대로 불러 세웠다.

"몸도 좋아 보이는데 나랑 레슬링 한판 하자. 나를 이기면 무사히 지나가는 거고, 나를 못 이기면 가진 걸 다 내놔야지."

양팔을 낀 채 버티고 선 케르키온은 평지에 솟아오른 바윗덩어리처럼 보였다. 테세우스가 말을 받았다.

"내가 듣기로는 레슬링에서 지면 가진 걸 다 내놓는 정도가 아니라 목숨까지 빼앗긴다던데?"

케르키온이 웃으며 말했다.

"가진 걸 다 내놓는다는 건 목숨도 내놓는다는 뜻이야. 어차피 다 털리고 나면 살아갈 기운도 없을 텐데 그까짓 목숨 건져 봐야 뭐하겠어. 어쨌거나 이제 진실을 알았으니, 어서 덤

벼라. 사람 잡는 재미를 오래 못 봤더니 몸이 달아 미치겠다."

흉악한 강도답게 말도 거칠었다.

"몸집이 좀 크다고 말을 막 하면 안 되겠지."

테세우스가 자세를 잡자 케르키온이 달려들었다. 레슬링에 도가 튼 강도는 통나무처럼 굵은 두 팔로 테세우스를 등 뒤에 서 잡고 몸통을 조이기 시작했다. 테세우스는 갈비뼈가 으스 러질 듯 조여들어 숨이 막혔다. 코끼리도 케르키온의 힘은 당해 내지 못할 것 같았다. 테세우스는 힘껏 숨을 들이마신 뒤 가죽신을 신은 왼쪽 발뒤꿈치로 케르키온의 발등을 있는 힘껏 내리찍었다. 케르키온은 발등뼈가 내려앉는 것 같은 통증을 느꼈다. 고통을 참지 못하고 팔의 힘을 푸는 순간 테세우스는 몸을 빼내 번개처럼 케르키온 등 뒤에 섰다. 이어 날개 꺾기 하듯 케르키온의 두 팔을 꺾어 땅바닥의 바윗덩어리에 내동댕이치며 머리통을 박았다. 케르키온이 일어서려고 힘을 쓰자 테세우스는 팔을 꺾어 잡은 채로 머리통을 몇 차례 더 내리쩧었다. 뇌수가 터져 나왔다. 케르키온의 커다란 몸뚱이는 꼬꾸라지다가 개구리처럼 뻗어 버렸다. 머리통에서 피가 쏟아져 목으로, 땅바닥으로 흘러내렸다. 테세우스는 레슬링의 진정한 강자가 케르키온이 아니라 자신임을 보여 주려는 듯 늘어진 케르키온을 한동안 내려다보았다.

'이자가 가지고 있던 레슬링 강자 타이틀은 이제 내 것이 됐다. 불쌍한 케르키온아, 저승에서 쉬어라.'

케르키온의 땅을 지난 테세우스는 마침내 에리네우스에 이르렀다. 테세우스가 여섯 번째로 만난 악한은 다마스테스라고도 하고 폴리페몬이라고도 하는 강도였는데, 본명보다는 프로크루스테스라는 별명으로 더 잘 알려져 있었다. 프로크루스테스는 '두들겨 늘이는 자'라는 뜻이었다. 프로크루스테스에게는 침대가 두 개 있었는데, 하나는 작고 다른 하나는 컸다. 프로크루스테스는 사람이 지나가면 환영하는 척 집 안에 들였다. 그러고는 키가 작은 사람은 큰 침대에 눕게 하여 망치로 두들겨 침대 크기로 늘였고, 키가 큰 사람은 작은 침대에 눕게 해 침대 밖으로 나온 몸을 톱이나 칼로 잘라 버렸다.

테세우스가 에리네우스에 이르렀을 때는 날이 벌써 어두워지고 있었다. 이러다가 밤을 꼬박 산속에서 지새워야 할지도 모를 일이었다. 바로 그때 길목 저쪽에 불빛이 보이고 집이 한 채 나타났다. 나무로 지은 큼지막한 집인데 길손들에게 방을 빌려주는 여관 같아 보였다. 테세우스가 문을 열고 들어서자 주인으로 보이는 남자가 나왔다.

"어서 오시오. 날이 저물었으니 오늘은 여기서 쉬고 가시오."

테세우스가 부탁하지도 않았는데 주인은 쉬고 가라는 이야기부터 했다. 살집이 좋고 머리가 조금 벗어진 이 덩치 큰 남자는 요리도 함께 했다. 주인은 백정이 소를 잡을 때 쓰는 큰 칼로 고기를 툭툭 썰어서 큰 접시에 담아 식탁으로 내왔다.

주인은 테세우스에게 한 접시 내주고, 자기도 한 접시 덜었다. 그러고는 툭 말을 건넸다.

"그래, 어디에서 와서 어디로 가는 길이오?"

"트로이젠에서 와서 아테네까지 갑니다."

"젊은 사람이 꽤 험한 길을 택했구먼. 아테네로 가려면 케피소스 강을 건너야 하는데, 만에 하나 그 강을 건너게 되면 거기서 몸을 깨끗이 씻는 게 좋을 거요. 죄로 물든 피를 정화해 주거든."

주인 남자가 뭔가를 안다는 듯 말을 뱉었다. 접시를 다 비운 테세우스가 말했다.

"배가 고프던 터에 맛있는 고기를 먹었습니다. 그런데 이렇게 잘 먹여 주시니 뭐라도 보답을 해야 할 것 같은데……."

접시를 치우며 주인이 답했다.

"그러지 않아도 나도 생각하고 있는 게 있으니 뭐 그리 미안해할 것 없소. 다 먹고사느라 그러는 거니 말이오."

안에는 통나무로 튼튼하게 짠 침대가 두 개 있었다.

"당신은 이 침대를 쓰시오. 나는 저걸 쓰겠소."

주인은 마치 손님을 배려한다는 듯이 크기가 작은 침대를 가리켰다.

"자, 누워 보시오. 내가 편하게 해 줄 테니."

테세우스가 아무것도 모르는 척 침대에 몸을 누이자 주인 남자가 부엌에서 큰 칼과 동아줄을 가지고 나타났다.

"아, 몸을 뒤척이면 푹 자기 어려우니 여기 이걸로 좀 묶읍시다."

그러면서 주인은 테세우스 쪽으로 다가섰다. 테세우스는 벌떡 일어나 남자의 손에서 동아줄을 낚아챘다. 사태가 예상 밖으로 돌아가자 남자는 큰 칼을 테세우스 목에 들이밀었다. 테세우스는 칼을 피해 남자를 낚아챈 뒤 침대에 넘어뜨리고 번개처럼 재빨리 동아줄로 꽁꽁 묶어 버렸다. 남자의 몸뚱이가 침대에 달라붙었다.

"이게 무슨 짓이오?"

남자가 눈이 휘둥그레져서 소리를 지르자 테세우스가 대답했다.

"무슨 짓이긴? 네가 하던 대로 되돌려 주려는 것이지, 프로크루스테스."

테세우스는 프로크루스테스의 도살용 칼을 높이 들었다.

"넌 누구냐?"

"테세우스다. 여기까지 오는 동안 강도, 산적, 짐승을 모두 잡아 없앴지. 이제 너만 남았다."

키가 큰 프로크루스테스는 머리통과 발목이 침대 바깥에 나와 있었다. 테세우스는 칼을 내리쳐 두 발목을 자르고 이어 프로크루스테스의 목을 쳤다. 피가 부엌까지 튀었다. 테세우스는 머리 없는 몸뚱이를 침대에 그대로 둔 채 큰 침대에서 잠을 청했다. 프로크루스테스의 여관은 테세우스의 여관이 되었다. 날이 밝자 테세우스는 목이 떨어진 시체를 두고 여관을 나왔다. 얼마 가지 않아 눈앞에 강 하나가 나타났다. 케피소스 강이었다. 여기를 건너야 아테네가 나타난다.

강가에서 테세우스는 거기 사는 피탈로스의 자손들을 만났다.

"어서 오시지요. 보아하니 귀한 분인 것 같습니다."

피탈로스의 자손들은 손님을 반갑게 맞이했다.

"우리 조상 피탈로스는 옛날 데메테르 여신이 딸 페르세포네를 찾아 세상을 돌아다닐 때 여신을 맞아들여 자신의 집에서 쉬게 했다오. 데메테르 여신은 피탈로스의 환대에 고마움을 느끼고 무화과나무 모종을 주었고, 피탈로스가 그 모종을 심어 무화과나무 과수원을 일구었지요."

피탈로스의 후손들은 선조 피탈로스가 데메테르를 대접했던 대로 이 젊은 여행자에게 호의를 베풀었다.

테세우스는 프로크루스테스가 한 말이 생각났다.

"나는 손에 피를 묻혔습니다. 죄를 씻어 내는 정화 의식을 받고 싶습니다."

테세우스의 말에 피탈로스 후손이 대답했다.

"그렇지 않아도 몸에서 피 냄새가 났습니다. 그것도 아주 많이 났습니다."

"오는 중에 여러 악당과 괴물을 죽였습니다. 목숨이 위태로운 모험이었지만, 살육의 심연이라고 할까 어두운 힘이 나를 잡아 끌어당기는 것 같았습니다. 그 힘에 홀려 심연 깊숙이 빨려 들어갔습니다. 거기서 빠져나오고 싶지 않을 정도로 깊이 들어갔습니다."

테세우스가 이제까지와 다르게 차분한 목소리로 말했다. 신앞에서 죄를 고백하는 사람 같았다.

"그랬군요. 알겠습니다. 우리에게 오기를 잘했습니다."

피탈로스 자손들은 테세우스의 몸을 케피소스 강물로 씻기고 정화 의식을 치렀다. 테세우스는 속죄의 제물을 바쳤다. 의식이 끝나자 피탈로스의 자손들은 테세우스를 식탁으로 초대했다. 트로이젠을 떠난 뒤로 처음 받아 보는 환대다운 환대였고, 오랜만에 먹는 정성이 담긴 성찬이었다.

이튿날 테세우스는 피탈로스의 후손들에게 감사의 예를 표한 뒤 케피소스 강을 건넜다. 멀리 아버지의 도시 아테네가 눈에 들어왔다.

3

괴물

테세우스는 아테네로 가는 길에 목숨 건 모험을 여섯 번이나 해냈다. 한 번만 이겨도 세상 사람들이 알아줄 무서운 싸움들이었다. 그의 가슴 안쪽에서 헤라클레스처럼 위대해져서 아버지의 나라에까지 이름을 알리고 싶다는 마음이 끓어오르지 않았다면 산적들이 우글거리는 그런 험악한 길을 뚫고 나갈 생각을 하지 않았을 것이다. 어려서부터 듣고 자란, 바다의 신 포세이돈의 아들이라는 말이 진실된 것임을 실력으로 보여 주고 말겠다는 마음이 그런 결심을 밀고 나가게 하는 내부의 동력이었다. 육신의 아버지는 아이게우스일 테지만 마음속 혼의 아버지는 포세이돈이라고 테세우스는 생각했다.

그러나 그렇게 머리털이 쭈뼛거리는 모험을 하며 느꼈던 긴장감도 머나먼 크레타 섬 미노스 왕의 궁전 밑 어두운 지하 미로에서 느끼는 막막한 두려움에 비하면 아무것도 아닌 것 같았다. 펠로폰네소스의 트로이젠을 떠나 아티카의 아테네로 가는 그 길에는 밝은 태양과 푸른 하늘이 있었고 숲과 나무와 새들이 있었다. 혼자였지만 세상이 그를 내려다보고 지켜보고 응원하는 것 같았다. 그러나 이 미궁 안에선 아무것도 보이지 않았다. 크기가 똑같은 통로가 끝없이 이어져 있을 뿐이었다. 미궁의 문을 열고 들어와 채 백 걸음도 옮기지 않았는데 테세우스의 감각으로는 한나절도 훨씬 더 지난 것 같았다. 알 수 없는 밀폐감이 테세우스의 가슴을 조여 왔다.

목숨이 걸린 모험 길을 의기양양하게 지나왔다고 해도 테세우스는 아직 세상을 살 만큼 살아 본 사람의 지혜에 이르지 못한 젊은이였다. 꿈을 향해 뛰쳐나가는 것은 혈기의 몫이고, 상황을 냉정하고 차분하게 보는 건 지혜의 몫이다. 혈기는 맹목과 만용을 부르기 쉽다. 가슴 안쪽에서 뛰는 심장의 피가 젊은이를 이곳으로 불러들였지만, 미궁의 문이 닫히자마자 일기 시작한 두려움은 발목에 무거운 쇠공을 달아 놓은 듯 테세우스의 발걸음을 뒤로 잡아챘다. 실꾸리를 쥔 손바닥에선 연신 땀이 났다. 미궁 안의 공기는 을씨년스러웠다. 사람 키보다 높고 양팔을 벌린 것보다 더 넓은 통로가 끝이 어디인지 알 수 없을 정도로 뻗어 나가다 구부러졌다. 지옥으로 난 길이 바로 이런 모습일 것만 같았다. 지하의 공기가 서늘한데도 등골에서는 식은땀이 흘러내렸다. 긴장이 온몸을 비틀어 쥐어짜는 기분이었다.

테세우스는 미궁의 벽을 만져 보았다. 습기로 생긴 물방울들이 벽면을 타고 흘러내렸다. 이제 얼마나 온 것일까. 실꾸리의 실은 조금밖에 풀리지 않았다. 이 미궁의 어지러운 길 저안쪽에 괴물의 방이 있다고 했다. 그러고 보니 괴물의 소리가들리는 것도 같았다. 2백 걸음쯤 왔을까. 왼쪽으로 길이 직각으로 꺾여 새로운 길로 이어졌다. 테세우스는 벽에 손을 짚으며 새 길을 따라 나아갔다. 막다른 벽이 나오면 그 벽을 짚고되돌아 나왔다. 그런 식으로 하면 모든 막다른 벽을 다 거치는 한이 있더라도 결국엔 괴물이 머무는 방에 도착할 것이다. 아니면 사람 냄새를 맡고 괴물이 먼저 뛰쳐나올지도 모른다. 밤이 깊었으니 잠에 곯아떨어졌을 가능성이 더 크다. 잠은 감각을 대부분 빼앗아 간다. 그러나 사람이라고 하기 어려운 괴물이 꼭 그러리라는 보장은 없다. 괴물의 이름은 미노타우로스라고 했다. 미노스의 황소라는 뜻이었다. 이 미궁 속 괴물이왜 미노스의 황소란 말인가. 테세우스는 아테네에 있을 때 사람들이 무시무시한 형상을 그려 가며 전해 주던 이야기를 떠올렸다.

모든 것은 이곳 크레타의 왕 미노스의 어처구니없는 욕심에서 시작됐다. 미노스 전의 크레타 통치자는 아스테리오스였다. 아스테리오스는 제우스 신이 사랑했던 에우로페를 아내로얻었다. 에우로페는 동쪽 나라 포이니케에서 아게노르와 텔레

파사의 딸로 태어났다. 제우스는 에우로페의 아름다움에 반해 입에서 장미 향을 내뿜는 멋진 황소로 몸을 바꾸었다. 그러고는 에우로페를 등에 태우고 바다를 건너 크레타 섬으로 갔다. 그 이후로 크레타는 황소를 나라의 상징으로 삼았다. 황소는 이 섬에 복도 주었지만 화도 내렸다. 에우로페는 거기서 아들 셋을 낳았는데, 미노스와 사르페돈과 라다만티스였다. 제우스는 에우로페가 크레타의 왕 아스테리오스의 아내가 될 수 있도록 해 주었다. 아스테리오스는 에우로페의 세 아들까지 거두어 주었다. 아스테리오스가 자식 없이 죽자 에우로페의 세 아들은 왕위를 두고 서로 다투었다.

맏이인 미노스는 아우 사르페돈과 라다만티스를 몰아내고 왕좌를 차지했다. 그러나 본디 아스테리오스의 아들이 아닌 사람이 왕이 된 터였으므로 미노스의 왕권은 근거가 충분하지 못했다. 마음이 놓이지 않았던 미노스는 왕위를 확고하게 굳히려고 신의 사랑이 자기에게 있음을 증명하고 싶어 했다. 그렇게 하면 크레타 사람들의 지지와 인정을 얻을 수 있고, 동생들의 도전도 깨끗이 물리칠 수 있을 것이라고 생각했다.

미노스는 바다의 신 포세이돈에게 자신을 사랑한다는 것을 알려 주는 특별한 징표를 보내 달라고 기도했다. 미노스의 기도를 들은 포세이돈이 파도를 일으키자 커다란 물거품 속에서 눈처럼 하얀 수소 한 마리가 튀어나왔다. 포세이돈은 수소를 미노스에게 보냈다. 신이 보낸 소였으므로 그 소를 잡아

감사의 제의를 지내야 마땅한 일이었다. 그러나 파도에서 뛰쳐나온 흰 소는 아무 데서나 볼 수 있는 소가 아니었다. 어찌나 늠름하고 아름답던지 소라기보다는 풀을 뜯는 지상의 신 같았다. 온몸을 감싼 털은 파도의 거품보다 더 하얬고 힘차게 뻗은 네 다리는 원반던지기 선수의 굳센 다리 같았다. 두 귀 위로 솟은 뿔은 하늘을 찌를 것처럼 날카롭고 우아했다. 눈은 꿈을 꾸는 듯 수심 깊은 호수처럼 검푸른 빛을 띠었다. 눈을 들여다보고 있으면 아프로디테의 사랑을 받은 잘생긴 청년 아도니스가 떠오를 정도였다.

'저토록 아름다운 소를 죽여야 하다니, 끔찍한 일이야.'

미노스는 도저히 포세이돈이 보내 준 소를 죽일 수 없었다.

'포세이돈이 이렇게 사랑스러운 소를 보낸 게 자기에게 다시 바치라는 뜻은 아닐 거야. 제물로 쓰는 짐승은 따로 있지.'

소를 죽이고 싶지 않았던 미노스는 자기 좋을 대로 포세이돈의 마음을 해석했다. 미노스는 흰 소는 풀밭에서 뛰놀게 두고 대신 다른 소를 잡아 희생 제의를 올렸다. 미노스의 제의는 먹히지 않았다. 자기가 보내 준 소를 바치지 않고 엉뚱한 소를 내놓자 포세이돈은 노여움이 폭발했다.

'좋은 것은 제 걸로 챙기고 그보다 못한 걸 내게 주다니 미노스도 어쩔 수 없이 저밖에 모르는 인간이구나. 인간이란 족속이 처음부터 그렇게 생겨 먹었다는 건 알고 있었지만, 이런 꼴을 보고 그냥 넘어갈 수는 없지. 미노스에게 합당한 보상을

해 줘야겠다.'

복수는 당사자를 직접 겨냥하기보다 당사자가 사랑하는 것을 향할 때 더 큰 효과를 내는 법이다. 사랑하는 것을 잃어버리거나 훼손당하는 고통을 겪게 되면 사람들은 차라리 자기 자신이 화를 당하는 게 낫다고 생각한다. 미노스 왕에게는 그어떤 것을 주고도 바꿀 수 없을 만큼 사랑하는 왕비 파시파에가 있었다.

파시파에는 크레타의 언덕 크노소스에 장대하게 솟은 궁전의 안주인다웠다. 얼굴은 그리스 최고의 미인이라고 하는 헬레네가 부럽지 않을 만큼 아름다웠고, 긴 목과 긴 다리, 그리고 거기에 어울리는 어깨와 허리는 기품이 넘쳤다. 섬세한 손가락은 움직일 때마다 봄바람이 백합 향기를 끌어오는 듯했다. 눈길은 자상하여 누구에게라도 동정과 연민을 내줄 것만 같았고 사려 깊은 생각은 반듯한 입술에서 맑고 깨끗한 말이 되어 나왔다. 누구라도 파시파에가 하는 말을 들으면 자기도 모르게 기분이 좋아졌다. 어느 면에서 보든 파시파에는 크노소스 궁전의 화사함과 고상함에 어울리는 사람이었고 미노스왕의 지극한 사랑을 받을 만한 사람이었다. 사람들은 파시파에가 태양의 신 헬리오스의 딸이라고 했다. 크노소스 궁전의 우아한 아름다움은 파시파에를 만나 제빛을 뿜는 듯했다. 신들을 화나게 하지도 않았고 오만을 부리지도 않았으므로 파시파에에게 저주가 떨어지리라고는 아무도 생각하지 않았다.

그러나 신들이란 인간의 기준으로 보면 매정하기 이를 데 없는 존재였다. 인간의 감정 따위는 안중에 두지 않고 자기 하고 싶은 대로 하고 사는 것이 신들이었다. 불운은 예고도 없고 규칙도 없이 닥쳤다. 포세이돈은 파시파에의 머릿속에 광기의 씨앗을 심었다. 주위의 칭송을 받고 왕의 사랑을 받던 왕비는 그만 포세이돈이 보낸 흰 소를 향한 불타는 애욕에 빠져 버렸다. 광기의 씨앗이 싹 터 무럭무럭 자라자 파시파에의 욕망은 누를 수도 감출 수도 없게 됐다. 아무리 아름다워도 짐승은 짐승이다. 짐승을 사랑하게 됐다는 사실에 왕비는 견딜 수 없는 수치심을 느꼈다. 숨어 버리고 싶은 마음, 죽어 버리고 싶은 마음에 몸이 오그라들었다. 그러는 중에도 흰 소를 향한 열정으로 온몸이 달아올랐다. 소를 향한 사랑과 부끄러움에 파시파에의 마음은 두 쪽으로 갈라지고 찢어져 서로 미친 듯이 싸웠다. 왕비의 정신은 금이 가더니 거의 부서질 지경에 이르렀다. 왕비는 침대에서 황소처럼 머리를 박고 미노스 왕을 향해 울부짖었다.

"아, 여보. 숨이 막혀 죽어 버릴 것만 같아요. 견딜 수 없어요. 나는 멀쩡한데 미쳐서 날뛰어요. 내가 미쳐 간다는 걸 내가 알고 있어요. 제정신과 광기가 서로 엉켜서 낮이고 밤이고 싸워요. 내 안에서 미친 소가 날뛰는 걸까요? 신들과 거인들도 이렇게 포악스럽게 싸우지는 않을 거예요. 제정신은 광기를 향해, 광기는 제정신을 향해 창을 던지고 활을 쏘고 칼을 휘둘러요. 내 머릿속, 몸속이 전쟁터인가 봐요. 투석기로 돌을 던져 내 뼈를 다 부서뜨려 놓는 것 같아요. 제정신이 광기를 죽이려고 칼로 찌르고 목을 조르고 물속에 처박아요. 그래도 광기는 끄떡도 하지 않아요. 무엇이 광기이고 무엇이 제정신인지 알 수가 없어요. 광기가 달려들어 제정신의 손목을 자르고 눈알을 파내려고 해요. 심장을 찔러 목숨을 빼앗겠다고 날뛰어요. 광기는 제 뜻대로만 하려고 하고 제정신은 광기를 죽이려 하니, 이 싸움은 나를 파멸시키고야 끝날 거예요. 아아, 나를 어떻게 하면 좋아요. 소를, 그 소를 사랑하지 않고는 배겨 날 수 없어요. 내가 미친 암소 같아요."

미노스 왕은 파시파에의 광기 어린, 주문처럼 쏟아 내는 말을 들으며 어찌 할 바를 몰랐다. 사랑하는 아내가 미쳐서 소를 부르는데, 그것을 받아 줄 수도 없고, 그렇다고 해서 몰인정하게 팽개치고 미쳐서 죽든 말든 외면할 수도 없었다. 왕비를 잃고서는 자기도 살 수 없을 것 같았다. 왕은 왕비에게 내려진 저주가 차라리 자기에게 내려졌다면 나았을 거라고 생각했다. 포세이돈이 원망스러웠지만 신을 비난하고 신에게 맞서 봐야 상황만 더 나빠질 뿐이었다. 아무리 머리를 짜도 출구를 찾을 수 없었다.

크레타에서 가장 단아하고 기품 있던 파시파에는 한순간에 이 나라에서 가장 비참한 여인보다 더 비참한 상태로 떨어졌다. 문을 걸어 잠근 채 세상을 원망하고 악을 쓰고 무녀처럼 날뛰어도 달아날 길이 없었다. 끔찍한 일이지만 다른 수가 없었다. 파시파에는 더 견디지 못하고 마지막으로 다이달로스를 찾아갔다.

"나를 좀 살려 줘요. 소를 사랑하는 이 마음을 누를 수 없어요. 이대로 가면 내 몸이 갈기갈기 찢겨 흩어져 버릴 거예요. 아, 이 미쳐 가는 마음을 잡아 줘요. 흰 소에게 갈 수 있도록 해 줘요."

파시파에의 애원을 들은 다이달로스는 숲으로 가 몸통이 큰 떡갈나무를 잘라 냈다. 다이달로스는 발명가이자 건축가이고 조각가였다. 솜씨가 좋다는 말만으로는 부족한 뛰어난 장인이었다. 다이달로스는 통나무를 깎아 냈다. 나무를 다듬는 명장의 손놀림은 놀라울 정도로 빠르고 정교했다. 얼마 지나지 않아 암소 상이 나타났다. 서 있는 모습이 이제 막 풀을 뜯다가 고개를 든 것처럼 자연스러웠다. 다이달로스는 암소 상의 속을 깊숙이 파냈다. 그리고 네 다리에 바퀴를 달아 암소 상이 굴러다닐 수 있게 했다. 또 살아 있는 암소 한 마리를 잡아 조심스럽게 가죽을 벗겨 낸 뒤 그 가죽을 머리부터 다리까지 나무 암소에 씌웠다. 그러자 사람의 육안으로 보아도 속을 만큼 완벽한 암소가 완성되었다. 네 다리로 선 암소 상은 살아서 풀을 뜯는 암소와 하나도 다를 바 없었다. 조각가 피그말리온이 제가 조각한 여인상에 반해 사랑에 빠졌다는 말이 실감 날 정도였다. 다이달로스는 완성된 암소 상을 왕비에게 보여 주었다.

"이 정도면 아무리 눈썰미가 있는 황소라고 해도 진짜 암소로 알 겁니다. 이제 이 암소 상 안에 들어가 황소가 올 때까지 기다리기만 하면 됩니다."

미친 파시파에는 다이달로스에게 고맙다고 인사하는 것도 잊어버리고, 나무 암소의 텅 빈 배 속으로 들어갔다. 다이달로스는 파시파에를 실은 나무 암소를 들판에서 뛰어노는 흰 소가 볼 수 있도록 가까운 곳으로 끌어다 놓았다. 파시파에가 암소 상 안에서 흰 소를 부르며 울부짖자 그 소리는 암소의 울음소리가 되어 울려 나왔다. 안에서는 괴로움에 울부짖는데, 밖에서는 암소가 수소를 부르는 소 울음소리로 들렸다. 흰 소는 살아 있는 암소가 온 줄로 착각하고 암소 상한테 달려들었다. 사랑놀이를 하듯 등을 기어오르고 콧김을 뿜었다. 흰 소의 사랑을 받고 나서야 파시파에를 휘어 감았던 저주가 떨어져 나갔다.

그러나 마음이 홀가분해진 것도 순간이었다. 파시파에는 광기의 손아귀에서 벗어났지만 다른 두려움에 휩싸였다. 시간이 지나자 몸이 자꾸 무거워졌다. 임신이었다.

'내 안에 든 씨는 그 흰 소의 씨가 틀림없어. 아, 어떡해야 하나. 내 몸이 저주스러워. 내가 용납할 수 없는 씨앗이 내 몸 안에 들어와 버렸어.'

파시파에는 자기 몸을 씻고 또 씻었다. 그렇지만 아무리 씻어도 한번 들어찬 씨는 나갈 줄 몰랐다.

'끔찍해. 가장 혐오스러운 벌레가 내 몸속에 들어온 것 같
아. 핏줄 속으로 실지렁이가 파고들어 와 헤엄치고 다닌다면
이런 기분일까. 발등에 개미만 올라와도 기겁을 하는데, 이건
뭐야. 내 자궁이 박쥐들의 서식처가 된 것만 같아. 수백 마리,
수천 마리가 천장에 매달려 있다가 밤마다 날개를 퍼덕이며
일제히 쏟아져 나오잖아. 피를 빨아먹는 이빨, 날개의 발톱은
또 얼마나 날카로워. 그것들이 내 속을 긁어 대는 것 같아. 내
안의 이물질이 나를 할퀴고 나를 치받고 나를 빨아먹어. 어쩌
다가 이 지경이 됐을까. 아무리 신의 저주가 무섭다지만 어쩌
다가 내 몸뚱이에 저주의 씨앗이 달라붙어 자라게 됐을까. 죽
어 버리면 딱 좋겠지만, 난 죽을 용기도 없어. 죽는다는 건 생
각만 해도 두려워. 그래도 이렇게 몸속에 알 수 없는, 끔찍한
것을 안은 채로 살 수는 없잖아. 아, 살 수도 없고, 죽을 수도
없어. 삶과 죽음 사이에 중간 세계가 있다면 좋겠어. 그러면
죽음의 두려움을 느끼지 않고도 죽은 듯이 살 수 있잖아. 그
래도 내 몸속의 이건 떨어지지 않겠지.'

파시파에는 자다 말고 일어나 침대 위에서 펄쩍펄쩍 뛰어
보기도 했다. 왕비가 자기 신세를 한탄할 때마다 아랫배가 커
지더니, 머잖아 남풍을 안은 돛처럼 커다랗게 부풀어 올랐다.
배가 너무나 불러 쌍둥이나 세쌍둥이를 밴 것처럼 보였다. 달
이 차자 파시파에는 아이를 낳았다. 그러나 끔찍한 산고 끝에

낳은 것은 사람의 자식이 아니었다. 머리는 황소이고 목 아래 몸은 인간의 모습을 한 반인반수의 새끼 괴물이었다. 포세이돈의 복수는 이렇게 처절했다. 세상에서 가장 정숙하게 품위를 지키던 왕비가 황소와 사랑에 빠지는 것도 모자라 황소의 머리를 단 괴물을 낳았다. 미노스 왕은 파시파에가 괴물을 낳았다는 사실에 놀라 주저앉았다. 치욕이라는 독을 바른 화살을 옆구리에 맞은 듯 온몸을 떨었다.

'포세이돈에게 한 잘못이 아무리 크다고 해도 이건 너무 가혹한 응징이다. 아내가 소를 사랑했다는 것만으로도 견딜 수 없는데, 그 황소의 씨를 받아 괴물을 낳다니, 사람들아! 누가 말 좀 해 다오. 인간이 생겨난 이래 이런 저주가 있었던가. 처음부터 나에게 파시파에가 없었다면, 내가 파시파에를 사랑하지 않았다면 이런 재앙도 없었을 것이다. 내 사랑이 깊고도 애틋해서 끊어질 수 없다는 걸 포세이돈이 알고서 바로 거기에 응징의 독침을 찌른 것이다. 신은 왜 이토록 잔인한가. 왜 이토록 독한가. 그러고도 신이라고 할 수 있는가. 아, 세상에 비정한 것이 많다지만, 신처럼 비정한 것은 없다. 무정한 신이여, 차라리 내 목숨을 가져가 나를 이 고통에서 해방시켜 주오.'

왕은 빛이 들지 않는 곳에 틀어박혀 사람들 모르게 울부짖었다. 이불을 뒤집어쓰고 신을 저주했다가 또다시 응징당할까 두려워 용서해 달라고 빌기를 되풀이했다. 그렇게 한들 괴물이 태어났다는 사실 자체가 바뀔 리는 없었다. 왕은 왕비가 괴물을 낳았다는 사실이 알려지지 않도록 괴물의 존재를 철저히 감추었다. 그러나 소문은 아주 작은 틈만 있어도 새어 나와 퍼지는 법이다. 오래지 않아 크레타 섬의 모든 사람들이 왕비가 괴물을 낳았다는 사실을 알게 되었고, 소문은 바다를 건너 지중해 전체로 퍼졌다. 사람들은 괴물을 미노타우로스, 곧 미노스의 황소라고 불렀다. 다행이라면 다행인 것은 파시파에를 향한 미노스 왕의 사랑이 식지 않았다는 사실이다. 더구나 왕비에게 닥친 불행은 엄밀히 따지면 왕비가 잘못한 탓이 아니었다. 미노스 왕의 욕심이 파시파에를 광기로 몰아넣은 것이니, 잘못은 왕에게 있었다. 미노스 왕은 포세이돈의 분노가 다시 일어나지 않기만을 바랐다. 괴물을 낳았지만 파시파에는 미노스 왕의 아내로서, 크레타의 왕비로서 제자리를 지켰다.

어린 미노타우로스는 송아지가 황소로 자라듯 몇 년 사이에 무럭무럭 자라 덩치가 소만 한 짐승-인간이 되었다. 다 자란 미노타우로스는 소 머리에 사람 몸이어서인지 포악한 황소의 성질과 사람의 마음을 둘 다 가지고 있었다. 사람의 말도 알아듣고 심지어는 사람이 하는 말도 했다. 그러나 괴물은 어쩔 수 없는 괴물이었다. 세상에서 격리돼 천대받던 괴물은 심성이 뒤틀렸는지 미친 소를 닮은 폭군이 됐다. 닥치는 대로 부수고 죽이고 잡아먹었다. 이제 이 괴물을 감추는 것은 불가능한 일이 됐다. 괴물이 특히 좋아하는 것은 사람 고기였다. 풀을 먹고 되새김질을 하는 것이 아니라 사람을 잡아먹고 되새김질을 했다. 한번 먹이가 나타나면 있는 대로 잡아먹고 나서 뱀이나 악어처럼 1년이든 2년이든 먹잇감이 다시 나타날 때까지 버텼다. 외모만 괴물인 것이 아니라 식성도 괴물이었다. 미노스 왕은 미노타우로스를 죽여 없앨까 하는 생각도 했지만 또다시 포세이돈의 분노를 살까 봐 이러지도 저러지도 못하다가 다이달로스의 지혜를 빌렸다.

"어떻게 하면 좋겠소."

"괴물을 가두어 둘 커다란 미궁을 만들면 어떨까요?"

"미궁이라. 미궁이라면 이 크노소스 궁전도 미궁이라고 할 수 있겠는데……. 방은 수백 개고 통로는 미로처럼 얽혀 있으니 말이오. 외국에서 처음 온 손님들은 이 궁전에서 길을 잃어버리는 경우가 많잖소."

"네. 이 궁전의 지하에 이 궁전을 닮은, 아니 궁전보다 더 복잡한 미궁을 만드는 겁니다. 크노소스 궁전은 기초가 튼튼해 지하에 통로를 만들고 미궁을 짓더라도 문제가 없을 겁니다."

"그렇게 하면, 누가 와서 들여다볼 생각을 하기도 쉽지 않겠군."

"너무나 복잡해서 한번 들어가면 절대로 빠져나올 수 없는 지하 감옥이 될 겁니다."

"그렇게 말하니 벌써 안심이 되는 것 같소. 한번 들어가 봤으면 하는 마음까지 생기는구려. 황소를 거기 가둬 두면 마음이 좀 편안해질 것 같소."

왕의 명을 받은 다이달로스는 장인의 지혜와 지식을 모두 끌어내 거대한 미로의 지하 궁전, 라비린토스를 만드는 일을 시작했다. 가장 먼저 할 일이 라비린토스의 설계도를 그리는 것이었다. 머릿속에서 떠오르는 대로 미궁의 밑그림을 그릴 때 다이달로스는 전에 느껴보지 못한 낯선 쾌감을 느꼈다. 라비린토스의 설계도를 그려 나가는 일이 왜 이렇게 흥분되는지 알 수 없었다. 파시파에와 미노스 왕의 불행이 마치 자신의 행운인 양 여겨지기까지 했다.

'오래전부터 나는 미궁을 만들고 싶었어. 미궁은 내 생애 최고의 작품이 될 거야. 아주 크고 아주 정교하고 아주 복잡하고 아주 아름다운 궁전, 그러나 그렇기 때문에 인간이 만든 것 중에 가장 끔찍한, 지옥과 다를 바 없는 지하 감옥이 될 거야. 들어서자마자 방향 감각과 시간 감각을 모두 잃어버리고 들어온 길도 빠져나갈 길도 알 수 없는 그런 미궁이 될 거야. 이곳에 들어서면 정신이 흩어져서 한순간이 하루 같고 한나절이 백 년 같은 느낌이 들 거야. 통로의 크기와 바닥의 미세한 경사, 꺾임의 각도와 횟수, 공기의 흐름과 어둠의 농도가 그런 효과를 내게 되지. 바닥은 분명히 낮아지는데 걷는 사람은 내려가는지 올라가는지 알 수 없어. 빛이 차단돼 있는데도 완전한 암흑은 아니고, 보일 듯 보이지 않는 그런 어둠, 검정 물감에 아주 적은 양의 흰 물감을 탄 듯한 어둠이 미궁 내부의 어지러움을 키워 주게 돼. 미궁 안에 들어선 사람은 몇 걸음 가지 않아 그 어지러움 속으로 휘말려 들게 되지. 그런 미궁이 될 거야.'

밑그림만으로도 벌써 미궁의 무시무시한 위용이 드러났다. 미궁은 왕궁 지하 입구에서 시작해 한없이 돌고 돌아 마지막에는 한가운데 있는 커다란 고치 같은 방으로 이어졌다. 얼핏 보아도 사람의 머리로는 도저히 빠져나올 수 없을 것 같은 미로였다. 설계도가 점점 정밀해졌다. 다이달로스는 미로 만들기에 몰두하자 밥 먹는 것도 사람 만나는 것도, 심지어는 잠자는 것조차 잊어버렸다. 너무 피곤해 곯아떨어졌다가도 꿈속에서 설계를 계속하다 벌떡 일어나기도 했다. 꿈을 꾸던 중에 설계의 난관을 뚫고 나갈 새 아이디어가 나타난 게 한두 번이 아니었다. 아는 사람들은 다이달로스가 이상한 건물을 만들려고 궁리하다가 미쳐 버렸다고 수군거렸다. 다이달로스가 하는 짓만 보면 그런 말이 나올 만도 했다. 미궁을 설계하는 동안 다이달로스는 머리도 감지 않고 수염도 자르지 않았다. 일이 풀리지 않아 설계도면을 던져 버리고 작업장을 뛰쳐나올 때면 다이달로스는 미친 황소 같았고, 작업장에 다시 들어가 설계에 골몰할 때는 영원한 진리를 찾아 헤매는 구도자 같았다. 미노스 왕은 설계가 늦어지자 다이달로스의 작업장을 직접 찾아가기도 했다.

"이러다가 세월이 다 가고 말겠소. 새싹이 날 때 시작된 일이 낙엽이 지고도 끝나지 않으니 말이오."

왕은 초조했지만 말은 부드럽게 했다.

"조금만 더 시간을 주십시오. 완벽한 작품을 만들겠습니다."

완벽이라는 말을 들으니 왕은 이러다가 아예 미궁을 못 짓고 마는 것 아닌가 하는 걱정이 들었다.

"뭐 완벽할 것까지야 없지 않겠소. 그저 가둬 두고 제힘으로 못 나올 정도만 되면 될 것 같은데."

다이달로스는 단호하게 말했다.

"아닙니다. 이왕 만드는 거, 아무도 빠져나올 수 없는 진짜 미궁을 만들어 보겠습니다. 곧 설계도가 완성됩니다. 조금만 더 기다려 주십시오."

미노스 왕은 다이달로스의 완강함을 한번 믿어 보자며 발길을 돌렸다. 미궁의 설계를 다듬어 가는 중에 다이달로스는 주문처럼 계속 중얼거렸다.

"더 정교하고, 더 복잡하고, 더 아득하게! 그렇게 만들어야 한다."

그 말을 반복할 때마다 다이달로스 머릿속에서는 미로의 길이 열리는 것 같았고, 미로를 만들어야 하는 이유가 분명해지는 것 같았다. 다이달로스는 미노타우로스 같은 것은 잊어

52

버린 지 오래였다. 무엇을 가두든 그건 중요하지 않았다. 미로로 이루어진 지하 감옥, 라비린토스를 만든다는 것 자체가 목적이 됐다. 따지고 보면 미노타우로스를 가두어 둘 곳으로 미궁을 제안한 사람도 다이달로스였고, 그 미궁을 특별히 정교하게 만들겠다고 생각한 사람도 다이달로스였다. 미궁이 완성된다면 진정한 주인은 다이달로스라고 해야 맞을 것이다. 다이달로스는 자기가 왜 미궁을 떠올렸는지, 왜 미궁에 집착하는지 스스로도 이유를 알 수 없었다. 다이달로스가 미궁을 만들지 않는다고 해서 명성이 깎일 일은 없었다. 크노소스 궁전을 지상에서 가장 아름다운 궁전으로 증축했고, 살아 있는 사람으로 착각할 정도로 아름다운 조각상을 빚어 내 왕과 왕비의 찬탄을 받기도 했다. 다이달로스의 손길이 스칠 때마다 세상 사람들의 찬사와 환호가 뒤따랐다.

그런데 그런 모든 것을 만들 때와 지금은 마음의 상태가 전혀 달랐다. 앞의 것들이 인간적인 차원의 창조였다면, 지금은 인간을 넘어선 세계를 창조하는 일처럼 느껴졌다. 좀 더 정확히 말하면, 이제껏 만든 작품들이 인간의 표면을 즐겁게 하려는 것이었다면, 지금 만드는 미궁은 인간의 내면을 발견하고 내면을 들여다보고 내면에 호소하는 일같이 여겨졌다.

다이달로스는 미궁을 만드는 일이 삶을 알아 가는 일과 다를 게 없다는 생각을 했다. 다만, 위로 올라가는 삶이 아니라 아래로, 밑으로, 지하로 내려가는 삶이었다. 위로 올라가면 하늘에 닿겠지만, 아래로 내려가면 뭐에 닿을까. 뭐에 닿을지는 알 수 없지만, 거기에 무언가 있을 것만 같았다. 다이달로스는 평생 한 번도 느껴 보지 못한, 깊은 어둠을 향한 그리움을 느꼈다. 그런 기분을 느끼다니 당혹스럽기까지 했다. 왜 어둠을 그리워하는지, 왜 어둠 속으로 들어가고 싶은 것인지, 어둠 속으로 들어가 어둠과 하나가 되고 싶은 이 마음이 무엇인지 알 수 없었다. 어둠이 깊어지려면, 그리하여 어둠 자체와 하나가 되려면, 미궁은 특별해야 했다. 다이달로스는 다시 혼잣말처럼 중얼거렸다.

"더 정교하고, 더 복잡하고, 더 아득하게! 그렇게 만들어야 한다."

이 말을 하면 기분이 좋아지고 의욕이 커졌다. 지친 몸에서 힘이 솟았다. 더 정교하고 더 복잡하고 더 아득하게 만들수록 어둠이 깊어질 것 같았고 어둠이 숨을 쉴 것 같았다. 어둠이 숨을 쉰다고 생각하자, 다이달로스는 무언가 실마리를 잡은 기분이 들었다.

'그래. 어둠이 숨을 쉬는 거야. 어둠이 그냥 어둠으로 있지 않고 숨을 쉬려면 아주 깊고 깊어야 해. 그냥 깊기만 해서는 안 되고 어둠이 어둠 속에서 어둠으로 머물러야 해. 그래서 정교하고 복잡한 길을 지나 아득해져야 해. 바로 그 아득함 속에서 어둠이 숨을 쉬는 거야.'

다이달로스의 생각이 스스로 뻗어 나갔다.

'어둠이 숨을 쉰다는 건 어둠이 살아 있다는 뜻이지. 아득한 곳에서 어둠은 숨을 쉬며 세상의 비밀을 품속에 간직하는 거지. 아무에게도 열어 보이지 않을 비밀을 품고 어둠은 죽은 듯이 살아 있지. 그 비밀을 밝혀 보겠다는 의지는 어둠을 뚫고 들어가겠지. 어둠은 어떤 의지도 들어올 수 없도록 어둠 자체의 힘으로 막아서겠지만, 그 비밀을 향하는 의지가 들어오는 것을 막지는 못하겠지. 그러나 의지가 비밀 자체에 닿지는 못할 거야.'

생각이 여기에 이르자 다이달로스는 자신이 왜 미궁에 집착하는지 그 이유를 어렴풋이 알 것도 같았다. 라비린토스라는 세계를 창조하면 거기에 어둠이 살아서 거주하게 되는 것이다. 어둠은 비밀을 품고서 누군가 자기를 찾아와 그 비밀을 풀어 주기를 기다리게 될 것이다.

다이달로스는 마침내 설계도를 완성했다. 설계도의 지침대로 미궁을 만드는 작업이 시작됐다. 수많은 인부들과 감독들이 동원됐다. 크레타 섬의 일손이 모두 한데 모인 것 같았다. 미노스 왕은 최대한 속도를 내라고 다그쳤다. 다이달로스는 현장을 떠나지 않았다. 일하는 사람들에게는 함구령이 내려졌다. 무엇을 만드는지 아무도 알아서는 안 되었다. 그러나 말은 퍼지고 또 퍼져 미궁이 완성될 즈음에는 모르는 사람이 한 명도 없을 정도가 됐다. 뱀처럼 구불구불 흐르는 이오니아의 마이안드로스 강보다 더 뒤엉키고 어지러운 지하 세계가 만들어졌다.

완성된 지하 감옥은 거대한 거미줄과도 같았다. 한번 잡히면 절대로 탈출할 수 없는 죽음의 덫이었다. 다이달로스는 거미줄의 한가운데 괴물의 거처가 될 방을 만들었다. 미궁이 완성되자 미노스 왕은 중무장한 군사를 풀어 사슬과 밧줄로 미노타우로스를 잡은 뒤 미궁 속에 몰아넣었다. 청동 문이 굳게 닫혔다. 미로에 갇힌 짐승은 지하에서 울부짖었다. 그 소리가 마치 지옥에서 올라오는 울음소리처럼 둔중하게 크노소스 궁전의 바닥을 울렸다. 미노타우로스의 울부짖는 소리는 배가 고플 때면 한층 더 거칠어졌다.

4

비극

   미노스 왕에게는 뒤를 이을 아들 안드로게오스가 있었다. 왕은 자기를 닮아 씩씩하고 용감한 아들을 제 몸처럼 아꼈다. 건장한 안드로게오스는 몸으로 하는 운동을 특히 잘했다. 코 밑이 수염으로 막 거뭇거뭇해졌을 때 안드로게오스는 아테네에서 열린 육상경기 제전에 크레타 왕국의 대표로 참가했다. 이 크레타의 대표 선수는 예상했던 대로 원반던지기를 비롯해 전 종목을 휩쓸었다. 그러잖아도 뻐기기 좋아하는 안드로게오스는 승리에 취해 오만해졌다. 세상이 다 제 것인 것만 같았다. 아테네 사람들을 경멸 섞인 눈으로 내려다보았다.

   "아무리 경기를 휩쓸었다지만, 너무하잖아. 저 거들먹거리는 꼴은 도저히 봐줄 수가 없네."

   질투심에 사로잡힌 아테네의 젊은이들은 안드로게오스가

또 다른 육상경기에 참가하러 테베로 갈 때 길목에 숨어 있다가 몰려나왔다.

"아버지!"

안드로게오스는 외마디 비명을 질렀다. 질투심이 집단으로 솟구치자 사람들이 야수로 바뀌었다. 안드로게오스는 칼에 찔리고 몽둥이에 맞고 돌에 짓이겨져 형체를 알아보기 어려웠다. 미노스 왕은 안드로게오스가 아테네 사람들에게 잔혹하게 죽임을 당했다는 소식을 우미(優美)의 여신 카리스들에게 제물을 바치던 중에 들었다. 왕은 사랑하는 아들을 잃었다는 소식에 화관을 내던지고 피리 연주를 중단시켰다. 슬픔 위로 복수심이 끓어 올랐다. 왕은 겨우 정신을 추스르고 제의를 마쳤다. 아들을 잃은 아버지는 함대를 몰아 지중해 바다를 가로질렀다. 미노스의 군대는 아테네 앞바다에 진을 쳤다. 왕은 전령을 보냈다.

"내 아들을 잔인하게 죽인 도시에 알린다. 바로 항복하지 않으면 도시 전체를 불태워 버리겠다."

아이게우스 왕과 아테네인들은 항복하지 않고 저항을 택했다. 미노스의 군대가 아테네를 공격해 들어왔다. 자존심 강한 아테네인들은 한마음으로 뭉쳐 크레타 병사들의 파죽지세를 막아 냈다. 아테네인들은 성안에 틀어박혀 나오지 않았다. 노도 같던 미노스의 군대도 아테네 정복을 눈앞에 두고 조금씩 지쳐 갔다. 아테네가 항복하지 않고 버티자 미노스 왕은 생각을 바꾸어 아들의 복수를 해 달라고 제우스 신에게 빌었다. 제우스가 미노스 왕의 호소를 들어주었는지, 뜨거운 남풍이 불어오기 시작했다. 이어 돌림병을 품은 공기가 하늘과 땅을 덮었다. 샘과 물에 독이 스며들었다.

돌림병은 맹렬한 기세로 가축들을 넘어뜨렸다. 황소들이 밭을 갈다 말고 밭고랑 한가운데서 쓰러졌다. 흰 털이 우아하게 빛나던 양들은 비루먹어 털이 빠지고 몸이 비쩍 말랐다. 말들도 기력을 잃고 먹이통 옆에 주저앉아 죽음을 기다렸다. 개들은 혓바닥을 내민 채 숨을 헐떡였고 새들은 힘을 잃고 거꾸로 떨어졌다. 언덕과 벌판에 죽은 짐승들이 나뒹굴었다. 짐승의 주검이 물가에서 썩어 가자 물을 타고 돌림병이 더 멀리 퍼졌다. 악취가 코를 찔렀다.

사람들은 죽음을 피해 성안으로 밀려들었다. 그러나 성안이 더 안전하다고 할 수도 없었다. 사람들이 들어차자 돌림병은 사람과 사람 사이를 더욱 쉽게 건너다니며 도시 전체를 휘저었다. 병에 쓰러진 사람들은 살갗이 타들어 가고 가쁜 숨을 쉬었다. 혓바닥이 부어올랐고 입술이 말라 붙었다. 숨을 들이쉴 때마다 공기의 독이 함께 배 속으로 들어갔다. 내장이 썩어 문드러졌다. 그러나 병을 다스릴 사람이 없었다. 의사들이 나섰지만 환자를 옆에 두고 쓰러졌다. 갈증을 견디지 못한 사람들이 샘가에 엎어져 물을 마시다 일어나지 못하고 그대로 숨졌다. 주검에서 흘러나온 진물에 물이 썩어 들어갔다. 그런데도 사람들은 달리 물을 구할 길이 없어 그 물을 마셨다.

돌림병은 도시를 공포의 아수라장으로 만들었다. 사람들은 죽어 나가는데 무덤을 팔 손도 없었고 주검을 불에 태울 장작도 없었다. 죽음이 죽음을 불러냈다. 그 위로 굶주림이 덮쳤다. 일할 사람은 없고 성안에 갇혔으니 먹을 것이 동이 날 수밖에 없었다. 굶주림은 이제 모든 것을 무너뜨렸다. 사람들은 질서도 인정도 잊어버렸다. 소나 돼지 같은 가축은 말할 것도 없고, 시궁창의 쥐들까지 보이는 대로 사람들의 밥이 되었다. 어느 동네에선 이웃집의 어린아이를 잡아먹었다는 소문마저 나돌았다. 죽음이 도시를 장악하고 굶주림이 사람들의 내장을 할퀴어 대자 인간이 상상할 수 있는 가장 끔찍한 일들이 현실로 나타났다. 짐승이나 다를 바 없게 된 사람들이 도시 안에서 울부짖다 죽어 나갔다. 돌림병과 굶주림이 도시 전체를 장악하자 사람들은 미노스 군대에 저항할 용기를 잃었다. 공포와 혼란 속에서 아테네인들은 어떻게 해야 할지 신탁에 기댔다. 아폴론 신이 내려 준 답은 다음과 같았다.

"미노스가 어떤 벌을 내리든 거기에 응하라."

다른 길이 없었다. 아테네인들은 미노스 왕에게 전령을 보내 화해의 조건으로 무슨 벌을 내리든 다 받겠다고 했다. 미노스 왕은 아테네인들에게 말했다.

"나는 내가 끔찍이도 아끼던 아들을 잃었다. 아테네 사람들아, 너희에게 자식을 잃는 고통이 얼마나 큰지 알려 주겠다."

이어 미노스 왕은 화해의 조건을 제시했다.

"결혼하지 않은 남녀 일곱 명씩 열네 사람을 뽑아 크레타로 보내고 이후 9년마다 같은 방식으로 같은 수의 남녀를 보내라."

그렇게 뽑아 보낸 사람들은 미노타우로스의 먹이가 될 터였다. 미노스 왕이 제시한 화해 조건을 받아 든 아테네 사람들은 이럴 수도 없고 저럴 수도 없어 한숨을 쉬었다. 더러는 자식들이 목숨을 잃게 됐다며 울먹였다. 그러나 그것도 잠시뿐이었다. 도시를 폐허로 만들고 있는 돌림병과 굶주림이 무서워 아테네는 미노스 왕의 말을 듣지 않을 수 없었다. 아테네인들은 약속한 대로 9년마다 아직 어른이 되지 않은 소년 소녀 열네 명을 제비로 뽑아 크레타 괴물의 제물로 보냈다. 그때마다 온 나라가 슬픔에 잠기고 통곡에 파묻혔다. 테세우스가 아테네에 온 그해는 마침 세 번째 때가 돼 미혼의 남녀 열네 명을 새로 뽑아 미노타우로스에게 보내야 할 참이었다.

5

어둠

앞이 잘 보이지 않는 어둠 속에서 테세우스의 손이 벽을 더
듬었다. 왼쪽으로 난 길을 몇 번이나 접어들었는지 모른다. 미
로는 다시 오른쪽으로 휘어진 뒤 반듯하게 직진하는 길이 이
어졌다. 그리고 조금 더 들어가자 또다시 길은 오른쪽 직각으
로 굽었다. 길이 왼쪽과 오른쪽으로 계속 굽어지는 것을 보니
맨손으로는 길을 찾을 수 없는 미로임이 분명했다. 미로 중간
중간에 벽 대신에 사각형으로 된 방이 나타나기도 했다. 방은
저마다 크기가 달랐다. 한 사람이 겨우 들어가 누울 만한 크
기에서부터 수십 명이 잘 수 있는 크기까지 여러 가지였다.
테세우스는 이 방들도 통로를 통과하듯이 벽면에 손을 댄 채
로 돌아 나와 다시 통로로 나가는 식으로 하여 앞으로 나아
갔다. 그렇게 돌아서 나가야 하니 조금 전진하는 데도 시간이

몇 배는 더 걸리는 것 같았다.

　이곳에 들어온 뒤로 얼마나 시간이 지났는지 감이 잡히지 않았다. 시간을 잃어버렸다거나 시간이 휘발해 버렸다고 해야 할 상황이었다. 정지한 것 같기도 하고 날아간 것 같기도 한 시간을 붙들려고 해 봐야 피로감만 더 커질 뿐이었다. 손에 든 실꾸리는 여전히 무게감이 있었다. 삼사백 걸음쯤 걸었을 것으로 짐작해 볼 뿐이었다. 미로는 조금도 익숙해지지 않았다. 이 낯섦이 이 미로가 다른 길들과 결정적으로 다른 점인 것 같았다. 똑같은 길이 끝없이 이어지는데 왜 익숙해지지 않는 것일까. 낯섦이 오히려 커진다는 느낌이 들었다. 미로는 미세하게 경사가 져서 앞으로 가면 갈수록 조금씩 아래로 내려가는 것 같았다가 조금 지나면 다시 올라가는 듯이 느껴졌다. 올라가는 것이 진짜인지 내려가는 것이 진짜인지 구분이 가지 않았다. 미로 안에 갇힌 사람은 그렇게 감각에 혼란이 왔다.

　빛이 들지 않는, 칠흑에 가까운, 그러나 칠흑은 아닌 어둠이 감각을 무디게 만들었다. 이 어둠이 보통의 어둠과는 다르다는 느낌을 지울 수 없었다. 밤의 어둠은 어느 정도 시간이 지나면 시신경이 희미한 빛을 끌어당겨 사물을 흐릿하게나마 구별할 수 있게 되지 않는가. 이곳의 어둠이 빛 하나 없는 완전한 어둠은 분명히 아니었다. 벽을 채운 돌에 스스로 빛나는 야광 물질이 배어 있어서 그런 것인지, 아니면 어딘가 다른 곳에서 빛을 배분해 주는 장치가 있어서 그런지는 모르지만,

어쨌든 빛이 아주 없지는 않았다. 그렇다고 해서 사물이 구별되는 것도 아니었다. 사실 이 미로에서 구별해야 할 사물이라는 것이 따로 있지도 않았다. 있는 것은 끝없이 이어지는 정방형의 통로와 군데군데 벽을 터 만든 방들뿐이었다. 어찌됐든 이곳의 어둠은 시신경을 곤두세워도 내부를 보여 주지 않는 어둠이었다. 내부의 공기와 뒤섞여 천천히 흘러내리고 떠도는 어둠이라고 해야 할까. 어쩌면 배 안의 구불구불한 내장 속이라면 이런 어둠일지도 모를 일이었다. 소화액이 분비돼 전체적으로 축축하고 끈적거리는 그런 어둠, 아니면 탁한 핏물들이 내달리는 혈관 속에서 여행한다면 이런 기분일지도 모를 일이었다. 그렇게 어둠은 습기를 머금은 대기처럼, 혈관 속의 핏물처럼 테세우스의 눈자위와 콧등과 목덜미를 떠다녔다.

통로가 끝이 없이 굽어지는 것도 아득한 느낌을 만들어 내는 원인 중의 하나였다. 왼쪽으로 돌다가 다시 오른쪽으로 돌고 그러다 오른쪽으로, 다시 왼쪽으로 그렇게 돌아서 나아가다 보면 감각이 엉켜 도저히 풀 수 없는 지경이 되고 만다. 현실 감각과 방향 감각이 흩어졌다. 그렇게 감각이 엉켜들자 미로를 돌면 돌수록 폐쇄감과 불안감이 커졌다. 실꾸리에서 풀려나온 실이 엉키지 않은 것이 다행이었다. 여기는 단순한 지하 통로가 아니었다. 모든 것이 아득했다. 테세우스는 자기 몸이 작아져 어린아이가 되는 것 같은 이상한 기분에 빠져들었다. 굴복하지 않는 전사의 기개로 아무렇지도 않다고 스스로 다짐하며 발에 힘을 주었지만 불길한 생각이 스멀스멀 기어 나오는 것을 막지 못했다.

'이렇게 해서 진짜 제물이 되는 건가.'

아이게우스 왕에게 미노타우로스의 제물로 가겠다고 말하던 순간이 떠올랐다.

"뭐라고?"

늙은 아이게우스 왕은 놀란 표정으로 눈을 둥그렇게 떴다.

"무슨 말도 안 되는 소리냐. 어떻게 되찾은 아들인데……. 너를 그런 사지에 보낼 수 없다. 아무리 네가 용맹하고 힘이 좋다고 해도 미노타우로스는 다르다. 가면 다시 돌아오지 못할 게 분명해. 절대로 안 된다."

그 말을 하면서 늙은 왕의 눈에는 금세 눈물까지 맺혔다. 트로이젠을 떠날 때 외조부 피테우스도 강도가 들끓는 산길로 가지 말라고 말리며 그렇게 눈물이 그렁그렁했다. 친아버지 아이게우스 왕이 피테우스보다 더 절박하게 아들을 말렸음은 더 말할 것도 없다. 더구나 아이게우스 왕은 하마터면 테세우스를 알아보지도 못하고 부자가 서로 만나는 자리를 아들의 장례식장으로 만들 뻔하지 않았던가. 그 생각만 하면 왕은 몸이 아찔하게 떨렸다. 그 일은 트로이젠을 떠난 테세우스가 아테네로 들어오고 난 직후에 일어났다.

6

징표

그때 아이게우스 왕은 마법사 메데이아를 세 번째 부인으로 맞아 함께 살고 있었다. 메데이아는 영웅 이아손이 황금 양털 가죽을 구하려고 아르고호를 타고 흑해의 콜키스 왕국으로 갔을 때 만난 공주였다. 콜키스의 공주는 이아손을 보는 순간 에로스의 화살을 맞아 사랑에 빠지고 말았다. 메데이아는 아버지 아이에테스 왕을 배반하고 이아손에게 마음을 주었다. 콜키스의 공주는 마법의 여신 헤카테의 무녀이기도 했다. 메데이아는 헤카테한테서 받은 마법의 힘으로 특별한 연고를 만들어 이아손에게 주었다. 그 연고만 바르면 어떤 것도 몸을 상하게 할 수 없었다. 아이에테스 왕이 이아손에게 불을 뿜는 황소를 잡아 오면 황금 양털 가죽을 주겠다고 하자 이아손은 온몸에 마법의 연고를 바르고 황소를 잡아 멍에를 얹은 뒤 왕에게 데려갔다. 왕은 이아손에게 황금 양털 가죽을 줄 생각이 없었다. 그러자 다시 메데이아가 마법을 써 이아손을 도왔다. 황금 양털 가죽은 신성한 숲의 커다란 나뭇가지에 걸려 있었다. 그 나무는 잠을 자지 않는 용이 밑동을 둘둘 감은 채 지키고 있었다. 메데이아는 마법을 걸어 용을 잠들게 했다. 이아손은 황금 양털 가죽을 손에 넣었다.

메데이아는 이아손과 함께 아르고호를 타고 콜키스를 서둘러 빠져나갔다. 아이에테스 왕은 분노로 얼굴이 벌겋게 달아올랐다. 이아손을 잡아 황금 양털 가죽을 되찾고 딸도 벌하겠다고 결심하고서 함대를 꾸려 아르고호를 뒤쫓았다. 메데이아는 한번 마음을 먹으면 무슨 짓이든 할 수 있는 무서운 여자였다. 공주가 돌아보니 맨 앞에서 달려오는 배의 키를 잡고 있는 이복동생 압시르토스가 보였다. 메데이아는 동생을 소리쳐 불러 자기를 만나 준다면 집으로 돌아가겠다고 말했다. 메데이아는 동생을 인근 섬에서 만나 마법으로 잠재워 죽인 뒤사지를 토막 내 바다에 던졌다. 사랑에 눈이 먼 메데이아는 혈육도 도살하는 살벌한 마법사로 변해 갔다.

아이에테스 왕은 아들의 사지를 수습해 장례를 치르느라 추격을 멈추지 않을 수 없었다. 메데이아의 잔인함 덕에 위기에서 벗어났지만 아르고호 선원들은 공주의 거침없는 악행에 숨을 죽였다. 메데이아와 이아손은 아르고호를 몰아 험한 바다를 건너 이아손의 고향 이올코스에 도착했다. 여기서도 메데이아는 악행을 그치지 않았다. 이올코스는 본디 이아손의 아버지 아이손이 다스리던 땅이었는데, 아이손은 아우 펠리아스에게 왕위를 빼앗기고 말았다. 아이손은 아들을 얻자 이아손이라 이름 짓고 반인반마인 켄타우로스족의 케이론에게 데려가 키워 달라고 부탁했다. 펠리아스가 왕위 상속자인 아들을 해칠까 두려웠기 때문이었다. 지혜로운 케이론 밑에서 성장해 어른이 된 이아손은 펠리아스를 찾아갔다.

"아버지의 나라를 돌려받으러 왔습니다."

그러자 펠리아스는 이아손에게 뜻밖의 제안을 했다.

"흑해 콜키스 왕국에 가서 황금 양털 가죽을 가져오면 왕관을 주겠다."

그렇게 해서 이아손은 아르고호의 모험을 떠났던 것인데, 황금 양털 가죽을 얻어 돌아왔지만 펠리아스는 왕위를 내주기는커녕 어떻게든 이아손을 죽일 궁리를 했다. 이번에도 메데이아가 나섰다. 펠리아스 왕의 딸들은 아버지를 사랑하는 마음이 깊었다. 늙은 여자로 변장한 메데이아는 펠리아스 왕의 딸들에게 다가가 나이 든 사람을 젊어지게 할 수 있는 마법의 약초가 있다고 말했다. 딸들이 의심하자 메데이아는 늙은 양을 죽여 끓는 솥에 넣고 마법의 약초를 뿌린 뒤 뚜껑을 닫았다. 시간이 지난 뒤 거기서 어린 양이 튀어나왔다. 이것을 본 펠리아스 왕의 딸들은 메데이아한테서 마법의 약초를 얻었다. 메데이아가 한 대로 딸들은 왕을 죽여 팔팔 끓는 솥에 넣고 약초를 뿌린 뒤 뚜껑을 닫았다. 이제 젊어진 아버지가 튀어나와야 했지만, 아무 일도 일어나지 않았다. 메데이아는 아버지를 향한 딸들의 마음을 이용해 왕을 처치했다.

펠리아스 왕이 죽었으므로 왕위는 이아손의 것이 되어야 했다. 그러나 이올코스 주민들은 잔인한 메데이아가 왕비가 되는 것을 용납하지 않았고, 이아손을 왕으로 받아들이는 것도 거부했다. 메데이아와 이아손은 이웃 나라 코린토스로 갔다. 거기서 메데이아는 더 끔찍한 짓을 저질렀다. 어느 날 이아손이 코린토스 왕국을 물려받으려고 이 나라 왕의 딸 글라우케와 결혼하겠다고 선언했다. 메데이아는 배신감에 몸부림쳤다. 사악한 마법사의 본능이 터져 나왔다. 메데이아는 독에 담근 마법의 옷을 이아손의 새 신부에게 보냈다. 옷이 무척 아름다웠으므로 글라우케는 얼른 옷을 입어 보았다. 그러자 옷에서 불이 일어났고 신부는 불길에 휩싸여 타 죽고 말았다. 메데이아의 복수심은 자기 몸으로 낳은 두 아들에게까지 미쳤다. 무서운 마법사는 소리쳤다.

"이것들도 이아손의 씨앗이야. 이아손의 것이면 뭐든 다 없애 버리겠어."

복수심에 눈이 멀면 상대를 가장 가슴 아프게 할 것을 찾다가 제 자식은 물론이고 자기 자신마저 죽여 버릴 수 있는 것이 인간이다. 메데이아는 두 아들의 목숨을 차례로 빼앗은 뒤 아테네로 도망쳐 아이게우스의 왕궁으로 들어갔다. 메데이아

는 과거의 일은 모두 잊어버린 듯 새 왕궁에 자기 식으로 적
응했다. 살벌하기 이를 데 없는 행적을 감춘 마법사는 아이게
우스 왕에게 속삭였다.

"얼굴에 근심이 가득하군요."

아이게우스 왕이 대답했다.

"이 나이가 되도록 왕위를 이을 자식이 없소. 어찌해야 할
지……."

왕의 푸념을 들은 메데이아가 말했다.

"머잖아 뒤를 이을 아들이 나타날 거예요. 제 예언은 마법
의 여신 헤카테가 보증해 주는 것이기 때문에 틀리는 법이 없
어요."

후계자를 얻으리라는 메데이아의 예언에 기분 좋아진 늙
은 왕은 이 마법사가 왕궁에서 살 수 있도록 해 주었다. 이윽
고 메데이아는 아이게우스 왕의 세 번째 부인이 되었고 메도
스라는 아들도 낳았다. 왕은 트로이젠의 아이트라와 함께했던
일은 까맣게 잊어버린 데다 테세우스가 자라고 있으리라고는
꿈에도 생각하지 못했기 때문에 메도스가 메데이아가 예언한
후계자가 아닐까 생각했다. 그러나 메도스가 진짜 자기 아들
이라는 확신도 없었다. 그러던 중에 어느 날 테세우스가 나타
난 것이다.

아테네에 들어선 테세우스는 도시의 사정과 아이게우스 왕
의 마음을 확실히 알게 될 때까지 자기 정체를 드러내지 않

았다. 테세우스가 자기 혈육이라는 걸 알 리 없는 아이게우스 왕은 먼 데서 온 이 젊은 남자가 대단한 힘과 용기로 근심거리들을 제거함으로써 사람들의 환호를 받고 있다는 사실에 마음이 쓰였다. 혹시라도 왕권을 위협할 적수일지 모른다고 의심한 것이다. 메데이아는 헤카테 여신에게 물어 테세우스가 누구인지 알아냈다. 이대로 두면 테세우스가 아들 메도스의 자리를 차지하게 될 것이다. 메데이아는 왕의 의심을 부추겼다.

"저 테세우스라는 젊은 사람은 믿을 수 없어요. 아테네의 왕위를 빼앗으려고 온 것이 아니라면 왜 그런 위험하기 짝이 없는 모험을 했겠어요. 사람들의 환호성을 받고 이름을 날려 그걸 이용해 왕관을 도둑질하겠다는 심보가 틀림없어요."

메데이아의 말을 듣고 아이게우스 왕이 대답했다.

"심성은 그리 나빠 보이지 않던데, 정말 그런 흑심을 품고 있을까?"

"그 젊은 남자의 말을 듣지 말고 행동을 보세요. 왜 아무런 연고도 없는 이 나라까지 왔겠어요? 사람들의 환호 소리가 들리지 않으세요? 이대로 두면 당신 자리가 위태로워질 거예요. 헤카테 여신이 경고했어요. 이 젊은이를 지금 해치우지 않으면 후환이 클 거예요."

메데이아의 설득에 왕의 마음이 움직였다.

"그럼 어떻게 하는 게 좋겠소?"

메데이아는 마라톤 평원의 성난 황소를 가리켰다.

"마라톤의 황소를 잡아 죽이라고 하세요. 테세우스는 자기 힘을 증명하고 싶어서 몸이 달아 있어요. 황소가 지금 그곳 주민들을 괴롭히고 있으니 잡아 오면 영웅 대접을 받을 수 있을 거라고 하세요. 테세우스가 아무리 힘이 세다지만 그 미친 황소는 당해 낼 수 없을 거예요. 결국 뿔에 받혀 내장을 쏟아 내고 죽어 널브러질 거라고요. 테세우스를 불러 어서 이야기하세요."

왕은 메데이아의 말대로 테세우스에게 마라톤의 황소를 없애 달라고 부탁했다. 테세우스는 두말 하지 않고 왕의 부탁에 응했다.

'이 황소는 산 채로 잡아 제물로 써야겠다.'

테세우스는 황소를 잡을 그물을 들고 바로 마라톤 평원으로 갔다. 미친 황소가 휘젓고 다니는 바람에 그곳 사람들의 고통은 이루 말할 수 없었다. 테세우스는 황소를 발견하고는 한번 덤벼 보라는 식으로 떡 버티고 섰다. 황소의 신경을 자극하려고 붉은 천도 흔들었다. 황소는 버릇처럼 머리를 수그리고 큰 뿔을 앞세워 겁 모르는 남자를 향해 돌진했다. 상황이 지난번 산길을 지나다 거대한 암퇘지 파이아를 만났을 때와 비슷했다.

테세우스는 암퇘지가 돌진해 올 때처럼 미친 황소가 콧김을 뿜으며 뛰어 내려오자 몸을 살짝 피하며 앞발을 걷어찼다.

황소는 비명을 지르며 코를 처박을 듯이 앞으로 달려가다 나뒹굴었다. 그러나 그대로 무너질 소가 아니었다. 미친 황소는 다시 몸을 일으키더니 이번에는 아까보다 더 거칠게 숨을 내쉬며 달려들었다. 테세우스가 피하려는데 이번에는 황소가 방향을 알아챈 것 같았다. 황소는 테세우스 쪽으로 머리를 돌리더니 그대로 몸을 치받았다. 테세우스는 붕 하고 공중으로 떠올랐다. 그대로 바닥에 떨어지면 황소에게 밟히고 말 것이었다. 다행히도 테세우스는 공중제비를 돌듯 황소의 등에 떨어져 뿔을 붙들었다. 그리고 뿔을 꺾어 황소의 머리를 땅바닥에 처박아 놓고는 옆구리에 차고 있던 그물을 머리에 씌웠다. 황소는 몇 번 날뛰었지만 그때마다 그물이 조여들어 거의 숨이 막힐 지경이 되자 날뛰기를 그만두었다. 테세우스는 황소의 콧구멍에 엄지손가락과 집게손가락을 넣고 잡아끌었다. 소는 소리를 지르며 날뛰다가 마침내 아픔을 받아들였다.

테세우스는 산 채로 소를 끌고 와 신전에 제물로 바쳤다. 아이게우스 왕은 테세우스의 용맹함에 놀라기도 하고 감동하기도 해서 큰 잔치를 벌였다. 메데이아는 왕에게 아직 포기할 때가 아니라고 말했다.

"테세우스를 처치할 다른 방법이 있어요. 잔칫상에서 독을 쓰는 거예요. 이런 일이 있을 것을 미리 알고 투구꽃에서 뽑아낸 즙으로 독을 만들어 놓았어요. 아주 강력해요. 그걸 포도주 잔에 타 먹이면 순식간에 독이 퍼져 몸을 마비시켜요. 테세우스는 그 자리에서 죽고 말 거예요."

"으음, 알겠소."

아이게우스 왕은 메데이아의 대담한 계획을 듣고 조금은 섬뜩한 느낌이 들었지만 여기까지 온 이상 허락하지 않을 수 없었다. 축하 잔치가 벌어지는 탁자에서 메데이아가 말했다.

"이 즐거운 날 우리의 영웅에게 포도주 한 잔 권하지 않는다면 예의가 아니겠지요?"

메데이아는 독을 탄 포도주 잔을 테세우스에게 건넸다. 잔을 받아 들었다 놓은 테세우스는 사람들의 이목이 집중된 이 순간이야말로 자신의 정체를 드러내기 좋은 때라고 보았다. 그래서 차고 있던 칼을 뽑아 들어 잔칫상의 고깃덩어리를 썰기 시작했다. 황금이 박힌 테세우스의 칼을 본 순간 아이게우스 왕은 바로 옛날 자기가 차고 다니던 칼임을 단번에 알아보았다.

'저건 트로이젠의 바위 밑에 묻어 두었던 바로 그 칼이다. 아, 그때 피테우스의 딸 아이트라에게 아들을 낳으면 칼을 찾아내 나에게 보내라 했지.'

아이게우스가 그런 생각을 하는 동안 테세우스는 의기양양한 표정으로 자기 앞에 놓인 포도주 잔을 들어 입으로 가져갔다. 메데이아의 독이 든 포도주였다.

"안 돼!"

왕은 벌떡 자리에서 일어나 팔을 뻗쳐 테세우스의 잔을 손

으로 쳐 냈다. 포도주가 흩뿌려지고 잔이 바닥에 내동댕이쳐
져 '쨍그랑' 하는 소리를 냈다. 왕은 테세우스의 발을 내려다
보았다. 테세우스의 발을 감싸고 있는 것은 자신이 옛날에 묻
어 두었던 가죽신이었다.

"아, 저건 내 가죽신이다!"

아이게우스의 행동을 보고 메데이아는 모든 일이 틀어졌
음을 알았다. 간계가 탄로 나자 메데이아는 즉각 연회장을 빠
져나가 아들 메도스를 데리고 동쪽 먼 나라로 사라졌다. 왕은
아들을 얼싸안았다.

"하마터면 내 아들을 마녀의 손에 죽일 뻔했구나. 이런 기
적 같은 일이 일어나다니. 늘그막에 이렇게 장한 아들을 얻다
니."

왕은 눈물을 흘렸다. 그리고 기쁨에 넘쳐서 외쳤다.

"나는 여기 이 테세우스가 나의 적자이며 왕위를 물려 받게
될 것이라고 이 자리에서 공표하오."

축하 잔치 식탁에 함께 앉은 아테네의 원로들이 술기운이
돌자 입이 풀렸다. 원로들은 큰 소리로 테세우스를 찬양하는
노래를 불렀다.

"테세우스여, 그대는 마라톤의 황소를 잡아 백성들의 근심
을 없앴소. 크롬미온의 농부가 암퇘지를 두려워하지 않고 밭
을 갈 수 있게 된 것도 그대가 준 선물이오. 에피다우로스의
땅은 청동 몽둥이를 들고 다니던 페리페테스가 사라져 평화

를 누리고 있소. 무자비한 프로크루스테스는 그대 앞에서 제 침대의 희생자가 되었소. 엘레우시스에서 케르키온도 그대의 힘에 무너졌소. 레슬링의 제일인자는 케르키온이 아니라 바로 그대 테세우스요. 제힘을 나쁜 짓에만 쓰던 저 악명 높은 시니스도 소나무에 튕겨 나가 죽음을 맞았소. 스케이론도 바닷물 속으로 들어가 거북의 밥이 되었소. 그대가 이룬 업적은 아테네의 자랑이오.”

원로들의 찬가 속에서 아이게우스는 테세우스를 얼싸안았다. 아버지와 아들의 상봉은 아찔한 죽음의 고비를 넘기며 이룬 일이었다. 그렇게 얻은 아들이 미노타우로스의 미궁에 들어가겠다고 자청하고 나섰으니 왕이 선뜻 허락할 리가 없었다.

“차라리 내가 죽고 말지 어떻게 너를 사지로 보낸단 말이냐.”

왕은 테세우스의 말을 들으려 하지 않았다. 테세우스는 아버지를 한 번 더 설득했다.

“아버지, 아테네 사람들의 울음소리가 제 귀에도 들립니다.”

아테네 사람들은 미노스 왕의 침략에 굴복한 뒤 크레타에 바쳐야 할 공물 때문에 주기적으로 커다란 슬픔을 겪었다. 소중하게 키워 온 아들딸을 희생물로 내놓아야 할 날이 다가오면 결혼하지 않은 자식을 둔 부모들은 모두 제비뽑기에 참여해야 했다. 제비를 뽑은 부모들은 제 손으로 자식을 죽을 곳으로 내보내야 한다는 사실에 가슴이 찢어졌다. 다행히 제비를 뽑지 않은 부모들도 자식을 잃게 된 부모들 때문에 제 자식 살렸다는 기쁨을 감추어야 했다. 온 나라가 상을 치르는 일을 세 번째 겪어야 할 판이었다. 백성들은 아이게우스 왕이 자식을 잃는다는 것이 어떤 것인지 모른다며 왕도 자식을 내놔야 한다는 말까지 했다. 그런 말이 테세우스의 귀에도 들려왔다. 테세우스는 왕에게 자신의 단단한 결심을 다시 이야기했다.

"아테네 주민들이 저렇게 슬퍼하고 있는데, 그걸 외면하는 건 도리가 아닙니다. 그리고 저 사람들의 말을 들어 보세요. 왕은 아무것도 내놓지 않고 백성들만 자식들을 사지로 보낸다고 불만이 폭발할 지경이에요. 이런 불만을 그냥 두어선 안 됩니다. 제가 가야 사람들의 마음도 얻고 도시도 안정이 될 겁니다. 저 울음소리를 잠재우지 않고는 제가 아버지 뒤를 잇더라도 마음이 편하지 않을 겁니다."

"그렇다고 해서 너를 죽을 곳으로 보낸다면 내가 마음 편하게 잠이나 잘 수 있겠느냐?"

테세우스는 여러 번 생각해 봤지만 백성들의 슬픔을 모른 체하는 것이 옳지 않게 여겨졌고, 자기가 빠지는 것이 비겁한 일로 보였다. 그리고 사실을 말하면 테세우스의 마음 깊은 곳에서는 연민이나 동정심보다 더 큰 것이 꿈틀거렸다. 위험이 도사린 곳으로 가 무서운 상대를 제압하고 싶은 마음이었다.

테세우스는 아이게우스 왕에게 자기 안에서 솟아오르는 모험심을 털어놓았다.

"아버지, 걱정 안 하셔도 됩니다. 사실 저는 크레타가 아니라 해도 어디든 모험을 할 만한 곳으로 가고 싶어 가만히 있지 못하겠습니다. 아시잖아요. 모험심이 아니었다면 제가 산길을 돌아서 여기로 올 생각도 못 했을 것 아닙니까. 괴물을 죽이고 아이들을 살려 내 돌아온다면 아테네 백성들이 얼마나 기뻐하겠습니까. 저는 그 일을 꼭 해 보고 싶습니다."

"그래도 상대는 미노타우로스다. 암퇘지 파이아나 마라톤의 황소하고는 종류가 달라."

아버지의 눈빛은 걱정으로 흐려졌다.

"그건 저도 압니다. 사실 미노타우로스가 조금도 무섭지 않다면 그건 거짓말이겠지요. 무서우니까 그놈을 꼭 잡고야 말겠다는 마음이 더 생깁니다. 아버지, 괴물을 죽이고 우리 백성들을 모두 데리고 살아서 돌아올 테니 걱정은 내려놓으셔도 됩니다."

테세우스의 씩씩한 말이 이번에는 통한 것 같았다. 아이게우스 왕은 마지못해 아들의 모험을 허락했다. 테세우스는 제비뽑기를 생략하고 첫 번째 공물이 됐다. 이어 다른 열세 명의 남녀 아이들이 정해졌다. 테세우스는 아직 성년이 안 된 아테네인들과 함께 크레타로 가는 배에 올랐다. 배에는 죽음을 뜻하는 검은 돛이 달렸다. 과거 두 번의 공물을 실은 배를 띄울 때도 검은 돛을 달았다. 미노타우로스의 밥이 될 것이 확실한 상황이니 미리 죽음을 애도하자는 뜻이었다. 아이게우스 왕은 흰 돛을 내주면서 만약 살아 돌아오게 되거든 흰 돛으로 바꿔 달고 오라고 당부했다. 테세우스는 근심 어린 표정으로 바라보는 아버지에게 조금도 걱정할 것 없다고 다시 한 번 자신만만하게 말했다.

"반드시 살아서 흰 돛을 달고 올 테니 마음 놓고 기다리고 계십시오."

아테네 앞바다의 시원한 바람처럼 테세우스의 대답은 막힘이 없었다. 크레타에서 온 호송 선단을 사이에 두고 테세우스 일행을 실은 배가 검은 돛을 펄럭이며 앞으로 나아갔다. 죽으러 가는 사람들을 실은 배라고 하기에는 그 위용이 사뭇 당당했다.

7

마음

그러나 지금 미궁을 더듬거리며 나아가는 테세우스의 발걸음이 지중해의 바닷바람처럼 시원하고 자신만만하다고 말할수는 없었다. 이제껏 만난 상대 중에서 가장 무서운 상대를, 그것도 앞을 분간하기 어려운 미로 속에서 만나야 하는 상황이었다. 아무리 심장이 튼튼한 전사라 해도 이런 막막한 상황에서는 두려움이 일어날 수밖에 없었다. 테세우스는 발에 힘을 주고 손가락으로 벽을 더듬었다. 두려움이 가슴을 칠 때마다 심장의 두근거림이 점점 커졌다. 가슴속에서 북이 울리는 것 같았다. 테세우스는 심호흡을 했다. 지하 통로의 차갑고 축축한 공기가 허파 속을 찔렀다.

이 미궁에 들어온 지 얼마나 됐을까. 5백 걸음쯤 들어왔을까. 아니면 7백 걸음쯤 되었을까. 아니면 천 걸음이 넘었을까. 테세우스는 걸어온 길을 계산해 봤지만 얼마나 왔는지 가늠하기가 어려웠다. 시간에 대한 감각이 한없이 무디어지는 곳이 미궁이었다. 지하 무덤에 사는 사람이 있다면 이런 기분일까. 테세우스는 아주 오랫동안 홀로 이 미궁에 갇혀 있었다는 느낌이 들었다. 바깥세상이 감각 저 너머의 먼 나라로 여겨졌다.

'다이달로스는 도대체 무슨 생각으로 미궁을 만든 것일까?'

테세우스는 갑자기 미궁 설계자의 마음이 궁금해졌다.

'다이달로스는 자기의 재능을 자랑하고 싶었던 것일까? 크노소스 궁전을 닮은 또 다른 궁전을 지하에 세우고 싶었던 것일까? 단순히 재주를 자랑하려고 만들었다고 하기에 이 미궁은 지나치게 복잡하고 정교하고 무섭다. 자랑삼아 이런 기괴한 건물을 지을 수는 없다. 미노타우로스를 가두려면 이런 미궁이 필요하다는 걸까? 미노타우로스가 아무리 사납고 흉측한 괴물이라고 해도 굳이 이런 미로를 만들어 가둘 필요까지는 없지 않은가? 일직선으로 우물처럼 깊이 땅을 판 뒤 거기에 가두고 필요할 때마다 한 번씩 먹이를 주어도 되지 않는가?'

테세우스는 계속 손으로 벽을 짚어 나가며 생각을 한 번 더 깊은 곳으로 밀어 넣었다. 어렸을 적 외조부와 함께 미로 찾기 놀이 하던 때가 떠올랐다.

'이유를 알 수 없지만 미로 찾기 하는 게 이상하게도 재미

있었지. 다른 아이들은 한두 번 하면 따분해하는데, 나는 하나도 지겹지 않았어. 앞에서부터 길을 찾다가 막히면 거꾸로 찾기도 했지. 거꾸로 찾는 게 더 쉬웠어.'

테세우스는 미로 찾기를 하다가 나중엔 미로를 직접 그리기도 했던 기억이 떠올랐다. 처음엔 땅바닥에 나무 막대기로 그렸는데, 나중에는 점토판에 그렸고 그다음엔 파피루스에 그리기도 했다. 테세우스는 그때로 돌아간 듯이 머릿속에 열두어 살 무렵의 일들이 훤히 떠올랐다.

'칼싸움 훈련도 재미있었지만 혼자 미로를 그리면 마음이 집중되고 시간 가는 줄 몰랐어. 맞아, 지금처럼 얼마나 시간이 흘렀는지 짐작도 못 하다가 미로가 완성되고 나서 보면 해가 넘어가 어둑어둑해졌어. 미로는 그리면 그릴수록 점점 복잡해지고 조밀해지고 섬세해졌지. 아, 그건 내 머릿속 같았어. 아니 내 가슴속 같았어.'

테세우스는 문득 다이달로스가 자기 안으로 들어가는 길을 미로로 설계한 것이 아닐까 하는 생각이 들었다.

'목구멍을 지나 심장을 지나 저 깊고 깊은 곳을 들여다봤던 건 아닐까. 회오리치며 돌아가는 어두운 힘을 따라 마음의 저 밑바닥을 들여다본 뒤에 이 지하에 그대로 재현해 보고 싶었던 것은 아닐까. 그러지 않고서야 도대체 왜 이런 무시무시하고 숨 막히는 곳을 정성 들여 만들 생각을 했겠는가? 내가 내 속을 다 안다고 할 수 있을까? 내 행동의 이유를 내가 다 설명

할 수 있을까? 나는 왜 여기 와서 암흑의 무덤을 헤집고 다니는 걸까?'

　이제껏 세상 사람들에게 자기의 용맹을 입증하고 힘으로 명성을 쌓고자 했던 테세우스는 갑자기 자기가 무언가 보이지 않는 답을 찾아 아득한 곳을 향해 나아가는 자가 된 것 같다는 생각이 들었다. 지옥처럼 두렵고 자궁처럼 막막한 미궁에 갇혀 테세우스는 처음으로 자기 내부를 들여다보았다. 깊숙이 들여다보면 볼수록 내부는 깊은 바닷속처럼 끝 모를 어둠을 피워 올리고 있었고, 모든 것을 빨아들일 듯 커다란 목구멍을 벌리고 있었다. 테세우스의 생각은 자기 마음과 다이달로스의 마음 사이를 왔다 갔다 했다. 다이달로스의 마음이 자기 마음 같고 자기 마음이 다이달로스의 마음같이 느껴졌다.

　'다이달로스가 자기 안으로 깊이 들어가서 만난 것이 미궁이야. 아니, 자기 안으로 가는 길 자체가 미궁이었겠지. 나 자신을 생각해 봐. 내 안에 뭐가 들어 있는지 생각해 보라고. 내가 원하는 것이 뭐지? 헤라클레스처럼 이름을 얻는 것? 이름을 얻고 난 다음엔 뭐가 있는데? 신이 되는 것? 도대체 신이란 게 뭔데?'

　상상력의 불이 켜진 테세우스는 신의 마음을 들여다보기 시작했다. 지금까지 신은 신으로서 저 먼 곳에 있었다. 테세우스는 신의 마음을 느껴 볼 생각을 하지 못했다. 그런데 지금 여기 죽음 같은 미로의 숲이 테세우스의 마음과 생각을 풀었다 다시 조립하는 것만 같았다.

'신의 마음속에도 미궁이 있을까? 아니야, 신에게는 미궁이 없을 거야. 신은 모든 것을 알고 있으니까, 자기 자신도 다 알 것이고, 그러니 미궁 같은 게 있을 턱이 없지. 신은 미궁이 없는 존재지. 그렇다면 인간은 어떤가? 인간은 미궁을 통해 신으로 나아가는 존재인가? 아니면 신이 미궁에 빠지면 인간이 되는 건가? 글쎄, 어쨌든 미궁이 인간을 인간으로 만들어 주는 것이겠지. 그럼 짐승은 또 어떤가? 짐승에게도 미궁이 있을까? 아니지, 짐승에게는 미궁이 없겠지. 신과는 정반대되는 이유로 미궁이 없지. 짐승은 자기 자신을 처음부터 알지 못하고 알려고도 하지 않잖아. 알려고 하는 자에게만 미궁은 열리는 법이겠지. 그러니까 미궁은 인간에게만 있는 것이지.'

테세우스는 신에게도 짐승에게도 미궁이 없다는 생각에 이르자 알 수 없는 쾌감을 느꼈다. 그 순간만큼은 미로 안에서 느끼던 죽음의 공포도 사라진 듯했다.

'미궁이 없다는 건, 안과 밖이 다르지 않고 투명하다는 거야. 겉과 속, 앞면과 뒷면이 똑같다는 거지. 그러므로 거기에는 삶도 없고 모험도 없고 역사도 없지. 거기에는 찾아야 할 것이 아무것도 없어. 우리 안에 미궁이 있으니까 우리 삶이 삶다워지는 거야. 우리 자신을 알아 가는 것, 우리 안의 미궁을 알아 가는 것, 그것이 우리의 삶이고 모험이고 역사야.'

생각이 여기까지 이르자 테세우스는 무언가 뚜렷해지는 느낌이 들었다. 이제까지 했던 생각을 천천히 되짚어 보았다.

'어렸을 적에 미로 찾기를 좋아했던 건 단순히 흥미를 느꼈기 때문이었겠지. 그런데 되풀이해서 미로 찾기에 매달리고 그러다가 직접 미로를 그리기 시작하고 그걸 하루 이틀도 아니고 몇 달, 아니 몇 년을 반복해서 그리게 된다면, 그건 전혀 다른 이야기가 돼. 내가 내 안의 보이지 않는 세계에 끌려들어가 그 세계를 들여다보기 시작했다는 뜻이지. 내 안의 미로를 느낄수록 나는 내가 분열돼 있다고 느끼게 되지. 멀쩡한 나와 제정신이 아닌 나, 밝은 나와 어두운 나, 양지바른 곳에서 깨끗하게 피어난 봄꽃 같은 나와 음지의 거미줄 아래서 습기를 먹고 자라는 독버섯 같은 나, 나는 나와 나뉘고 나와 싸우고, 그래서 내가 또 다른 나를 죽이려 하고……. 소년에서 성년으로 가는 길고 긴 고갯길을 넘어갈 때 하루에도 몇 번씩 겪었던 일이야. 미로 그리기에 빨려들기 시작한 뒤로 평화롭고 온전했던 나를 영원히 잃어버렸지. 나 자신과 행복하게 만나는 것도 순간이고, 언제나 다시 불안한 꿈이 나를 덮쳤어. 내 안에 나를 두고 나는 나를 잃어버린 거지. 그것이 바로 미로 아닌가? 그 미로가 두려워서 그 미로를 잊어버리려고 나는 헤라클레스 같은 영웅을 동경하고 먼 곳에 있는 포세이돈을 그리워했던 것은 아닌가? 그래, 그렇게 보면 영웅은 미로와는 어울리지 않는 사람이야. 영웅은 미로를 찾아다니지도 않고 미궁에 갇혀 헤매지도 않아. 싸우고 죽이고 무찌르고 승리하고 찬사를 받는 게 영웅이지. 그렇다면 나는 왜 여기 이 안에 있는 거지? 왜 여기까지 와서 나를 들여다보고 있는 거지? 그리고 그렇다면 내가 찾는 괴물은 뭐지?'

테세우스는 생각을 더 이어 나가기가 힘들었다. 미궁이 미궁인 것은 시간을 잡아먹기 때문이었다. 미궁은 길을 한없이 늘이고 그 대가로 시간을 빼앗아 삼키는 곳이었다. 자궁 속의 태아가 시간을 느끼지 못하듯이 미궁에 들어와 갇히면 얼마나 시간이 흘렀는지 짐작도 하기 어려운 상태가 된다. 손에 쥔 실꾸리의 크기로 걸어온 길을 짐작해 볼 뿐이었다. 만약 실꾸리마저 없다면 틀림없이 시간의 미로에서 정신을 완전히 놓아 버리고 무시간의 대양을 표류하게 될 것이다. 시간이 얼마나 지났는지도 알 수 없고 지금이 밤인지 낮인지, 여름인지 겨울인지도 알 수 없고 앞으로 시간이 얼마나 더 남았는지도 알 수 없는 그런 막막하고 아득한 심해를 헤매는 기분이 되고 말 것이다. 테세우스는 손에 쥔 실꾸리 덕에 겨우 정신을 잃지 않을 수 있었다.

'미궁의 심장까지 가려면 아직도 멀었다. 실이 얼마 풀리지도 않았어. 정신을 바짝 차려야 해. 어디서 괴물이 튀어나올지 모르니까. 그런데 시간이란 참 이상한 것이다. 순간이 영원 같고, 영원이 순간처럼 지나가기도 해.'

테세우스는 어둠을 헤쳐 나가면서 계속 생각했다.

'어렸을 때 말에서 떨어져 정신을 잃은 적이 있었지. 떨어지자마자 곧바로 눈을 떴다고 생각했지만 사실은 사흘이나 혼수상태였어. 어머니도 외할아버지도 내가 벌써 저승길로 떠났다고 생각했다가 눈을 뜬 나를 보고 기적이라고 했지. 사흘이 순간이라면, 그보다 긴 시간도 순간일 수 있겠지. 만약 백 년을 잠들었다가 깨어난다면, 그 세월도 순간이겠지. 신들이 천 년이나 만 년쯤 잠이 든다면, 그 신들에겐 그 세월이 순간일 거야. 반대로 순간도 영원처럼 느껴질 수 있어. 만약 우리가 지금 이 순간에 붙박여 시간이 멈춰 버린다면, 그 순간이 영원이 되겠지. 내가 이 안에서 보내는 이 시간이 아득하게 긴 세월처럼 느껴지지만 사실은 한순간일지 몰라.'

테세우스는 이 혼란스러운 시간을 빨리 통과해야 한다는 생각이 들었다. 돌을 잘라 쌓은 통로가 똑같은 크기로 끝없이 이어지는 것 같았다. 오른쪽으로 꺾였다가 다시 왼쪽으로 꺾이고 거기서 다시 왼쪽으로, 또다시 왼쪽으로, 그러다가 막다른 벽이 나오면 되돌아 나오고 다시 오른쪽으로 꺾였다.

'이 미로 속을 이렇게 헤매다 지쳐 쓰러져 버리는 것은 아닐까.'

테세우스의 가슴속에서 또다시 두려움의 큰북이 울렸다.

'영웅은 두려움이 없는 존재라고 하는데, 두려움이 나쁘기만 한 것일까. 두려움이 없다는 건 무모하다는 것이고, 어리석다는 것이다. 지혜는 이 실처럼 연약하지만 끝까지 데려다준다. 지혜로 두려움을 다스려야 한다. 지혜로운 자만이 용기의 주인이 될 수 있다는 걸 이젠 확실히 알겠다. 내가 섬겨야 할 신이 있다면 다른 게 아니라 지혜의 신이다. 지혜가 없는 용기는 쓸모없는 것이고 껍데기에 지나지 않는다. 지혜가 함께 있을 때 용기는 미덕이 된다. 용기에 성찰의 눈을 달아 주는 것이 지혜이고, 지혜에 심장의 활력을 넣어 주는 것이 용기라고 할 수 있겠지.'

8

만남

그런 생각을 하다 보니 테세우스 마음에 아리아드네가 떠올랐다. 이 미궁에 들어온 뒤로 아리아드네를 아득히 잊어버렸다.

'아리아드네는 문밖에 아직도 있을까. 그런데 생각해 보면 이상하다. 아리아드네가 날 구해 주겠다고 한 게……. 아리아드네와 나는 기껏 여기 크레타에 와서 한나절 본 것밖에 없지 않은가. 배가 항구에 도착하고 우리는 병사들의 감시를 받으며 곧바로 미노스 왕 앞으로 끌려갔지. 크고 화려하고 아름다운 크노소스 궁전이 먼저 보였어. 세상의 아름다운 건물들을 모두 모아 하나로 합쳐 놓은 듯했지. 왕 옆에 서 있는 소녀가 아리아드네 공주였지. 흰 들꽃처럼 맑았어.'

아리아드네를 생각하자 돌처럼 딱딱한 테세우스의 얼굴이

순간 퍼지며 미소가 번지는 것도 같았다.

사람의 마음은 깊은 우물 속보다 더 깊어서 그 안에서 무슨 일이 벌어지는지 다 알 수는 없다. 그 마음의 주인에게조차 이해되지 않을 때도 있다. 아리아드네가 어린 아테네 공물들 사이에서 테세우스를 처음 보았을 때 잔잔하던 마음속에서 빠르게 먹구름이 일어나더니 천둥이 울리고 격렬한 폭풍이 불기 시작했다. 태어나서 한 번도 느껴 본 적 없는 감정의 거센 비바람이었다. 폭우가 마음의 들창문을 사정없이 때렸다. 아리아드네는 이 폭우에 자신의 마음이 휩쓸려 떠내려가고 말 것 같다고 생각했다. 남자는 미노타우로스의 먹이로 잡혀 왔는데 조금도 기가 죽지 않았다. 이마는 환하게 빛났고, 어깨 는 아폴론 신을 보는 듯 높고 넓었다. 생각이 깊은 눈은 막 바다 밑에서 나온 검은 진주 같았다. 남자의 이름은 테세우스이 고 아테네 왕의 아들이라고 사람들이 속삭였다.

'저 사람이야. 나는 이제껏 저 남자를 기다렸어. 평생토록 저 남자의 여자로 살 거야.'

무서운 결심이 아리아드네의 배 속에서부터 올라와 머리를 때렸다.

'무슨 일이 있어도 저 남자를 살려 내고 말 테야.'

바로 그 순간에 테세우스도 아리아드네를 알아보았다.

'눈부시게 아름다운데 어쩐지 슬퍼 보이는 얼굴이다. 자꾸 내 마음이 저 여자 쪽으로 움직인다. 눈을 다른 데 두려고 해

도 어쩔 수 없다. 눈이 저절로 저 여자에게로 간다. 이게, 이 마음이 사랑인가.'

의혹이 확신으로 변하는 순간 테세우스의 눈에서 빛이 났다.

'운명이 나를 이곳에 보낸 다른 이유가 있었어. 그래, 저 여자야.'

테세우스는 눈을 크레타의 공주에게 붙박은 채로 조용히 주먹을 쥐었다.

"이 공물들은 내일 괴물의 먹이가 될 것이다."

미노스 왕은 공물들을 라비린토스에 집어넣기에 앞서 일단 감옥에 가두었다. 테세우스와 열세 명의 소년 소녀들은 창살 안에 갇혔다. 아직 어린 티를 벗지 못한 십 대의 포로들은 이제 곧 죽나 보다 하는 생각에 울먹일 지경이었다. 테세우스가 부드럽게 달랬다.

"그리 걱정하지 않아도 돼. 내가 미노타우로스를 죽이고 너희들을 안전하게 아테네로 데려갈 테니까."

테세우스는 아테네의 포로들에게 자신이 겪은 모험을 이야기했다. 소년 소녀들은 그 이야기를 벌써 몇 번이나 들어 알고 있었지만, 그래도 모험의 주인공이 직접 들려주는 이야기는 흥미로웠고, 눈앞에서 현장을 지켜보는 듯 생생했다. 그 무서운 야수와 강도들을 다 때려눕힌 테세우스가 미노타우로스를 못 잡을 리 없다는 확신이 들었다. 테세우스가 그 확신에 힘을 보태듯 말했다.

"내일이면 우리는 배를 타고 바다를 건너 아테네로 돌아가게 될 거야."

소년 소녀들은 테세우스의 이야기를 듣고 나자 마음이 한결 가라앉아 평상심을 되찾았다.

해가 넘어가고 저녁 땅거미가 빠르게 다가와 도시와 궁전을 덮었다. 아리아드네는 어둠을 베일처럼 쓰고서 다이달로스를 찾아갔다. 다이달로스의 거처는 크노소스 궁전의 뒤쪽 끝에 있었다. 다이달로스는 미노스 왕의 궁전 시녀와의 사이에서 난 아들 이카로스와 함께 살고 있었다. 아테네에서 온 소년들 또래의 아이였다. 아리아드네는 다이달로스에게 아테네에서 온 사람들 중에 테세우스라는 남자가 있는데, 그 남자를 꼭 살려 내고 싶다고 마음을 털어놓았다.

"그 남자를 그대로 미궁으로 보내면 미노타우로스의 밥이 되는 건 시간문제예요. 미노타우로스의 이빨을 피하더라도 결국엔 미로를 빠져나오지 못하고 굶어 죽고 말 거예요. 그렇게 죽도록 내버려 둘 수는 없어요."

아리아드네의 말을 듣고 다이달로스는 걱정이 되어 되물었다.

"그렇지만 남자를 살려 주는 것은 아버지의 뜻을 거역하는 것이 되지 않겠습니까?"

다이달로스의 말을 듣자 아리아드네의 눈에 힘이 들어갔다.

"그건 저도 알고 있어요. 그래도 상관없어요."

다이달로스는 한 번 더 물었다.

"아버지의 원수가 되어도 좋다는 것인가요?"

아리아드네는 바로 대답했다.

"어차피 언젠가는 짝을 만나 이 나라를 떠날 수밖에 없어요. 나는 테세우스를 구해 내고 그 사람과 결혼하기로 결심했어요."

다이달로스는 여전히 움직이지 않았다.

"아버지의 축복이 없는 결혼은 불행할 텐데요."

"아버지의 축복은 포기하겠어요. 결혼은 결국 두 사람이 하는 거잖아요. 그리고 난 아버지 곁을 하루라도 빨리 떠나고 싶어요. 아버지의 마음에 어머니는 있어도, 나는 없어요. 아버지는 한 번도 나를 진정으로 사랑해 준 적이 없어요. 오빠 안드로게오스만 끔찍이 아꼈죠. 오빠를 잃어버리고 아버지는 이상해졌어요. 나를 뚫어져라 쳐다보기도 했어요. 마치 내가 황소의 딸이라도 되는 듯이 말이에요. 난 아버지는 상관없어요. 테세우스, 그래요, 내 마음에는 테세우스뿐이에요. 낮에 보았던 그 사람의 눈이 내 가슴에 와서 박혀 버렸어요. 두 눈이 화살처럼 내 심장을 뚫고 내 속에 들어와 앉았어요. 눈을 감으면 그 사람이 떠오르고 눈을 떠도 허공에 그 사람이 있어요. 자신만만하게 웃는 그 모습이 얼마나 사랑스러운지, 그 사람 얼굴에 천 번 만 번 입맞춤하고 싶어요. 아, 그 사람 눈을 영원히 내 것으로 갖고 싶어요. 아무한테도 빼앗기고 싶지 않아요.

다른 누군가가 그 사람을 사랑한다면, 생각만 해도 끔찍해요. 나는 질투심에 그 사람을 죽여 버리고 나도 죽어 버릴 것 같아요.”

다이달로스가 눈을 치켜뜨자 아리아드네가 알았다는 듯 말을 이어 나갔다.

“어떻게 한나절 만에 그렇게 될 수 있느냐고요? 나도 몰라요. 이 마음은 설명할 길이 없어요. 그렇지만 분명하게 말할 수 있는 건 그 사람을 보자마자 내 가슴에서 불꽃이 일어났다는 거예요. 마음의 부싯돌이 부딪치면서 솜털에 불이 붙었고 그리고 장작더미로 옮겨붙었어요. 아무도 이 불은 끌 수 없어요. 그리움이 이 불을 키우는 풀무예요. 그 사람이 보이지 않으면 불길은 더 거세져요. 내 안에서 나도 모르게 내 마음이 그 풀무를 마구 돌려요. 바람이 세차게 불고, 불꽃은 하늘을 태워 버릴 듯 타올라요. 내 안에서 불의 태풍이 불어요. 그 사람을 얻지 못한다면 차라리 이 불로 세상을 다 태워 버릴 거예요. 가질 수 없다면 없애 버리는 게 나아요. 다른 사람에겐 줄 수 없어요. 내 목숨 같은 건 괜찮아요. 두렵지 않아요. 아, 내가 미쳤어요. 그래요, 미쳤다는 거 알아요. 그렇지만 이 사랑의 열병이 나를 살아 있게 해요. 테세우스를 만나기 전까지 나는 살아 있어도 살아 있는 게 아니었어요. 세상은 무심한 구름처럼, 여름날 강물처럼 그냥 흘러가기만 했어요. 나와는 아무런 상관도 없었어요. 내가 죽어도 아무것도 바뀔 게 없었어요. 이젠 아니에요. 나는 의미를 얻었어요. 사랑의 열병을 앓으면서 나는 되살아났어요. 병이 나를 살렸어요. 나를 그 사람에게 가게 해 주세요. 그 사람을 살려 내고 그 사람과 함께 도망칠 수 있게 해 주세요. 이건 내 안의 불이 말하는 거예요. 그러니 제발……."

그렇게 애원하는데도 다이달로스는 결정을 내리지 못하고 머뭇거렸다. 아리아드네는 한 번 더, 이번에는 훨씬 더 다급하게 말했다.

"제발, 날 좀 도와주세요. 미궁을 만든 사람이니 미궁에서 빠져나오는 법도 알잖아요."

두 번째로 '제발'이라는 말을 내뱉을 때 아리아드네의 목소리는 작지만 격하게 올라갔다. 다이달로스는 한참을 더 망설이다가 어쩔 수 없다는 듯 체념하고서 큰 자물쇠를 걸어 놓은 서랍을 열었다.

"공주님을 도와줬다는 사실이 알려지면 괴물 대신 내가 미궁에 들어가 평생을 썩어야 할지도 모릅니다. 왕이 나를 그냥 두지 않을 거예요."

그러면서 다이달로스는 서랍에서 아마로 짠 큼직한 실꾸리를 꺼냈다.

"이걸 갖다 주세요. 이 실꾸리가 도움이 될 겁니다. 운이 좋으면 이 실꾸리가 다 풀리기 전에 괴물의 방에 도달할 거예요. 그러나 실꾸리보다 더 중요한 것은 의지이고 용기입니다.

미궁은 교묘하게 만들어져서 거기 들어선 자의 의지를 꺾고 용기를 막아 버리는 마력이 있어요. 다리가 풀리고 정신이 혼미해져요. 그걸 이겨 내야 괴물을 만날 수 있을 겁니다. 그다음에 괴물을 처치하는 건 그야말로 당사자 몫이고요."

아리아드네가 실꾸리를 받아 들자 다이달로스는 미궁에 대해 간략하면서도 핵심적인 것을 설명했다. 실꾸리를 풀면서 들어가면 미궁의 한가운데에 이르고 거기서 다시 실꾸리를 잡고 되돌아 나오면 문에 이르게 된다는 설명이 이어졌다. 실꾸리를 입구 청동 문에 꼭 묶어야 한다는 말도 빠뜨리지 않았다.

"고마워요. 다이달로스 님, 당신은 내 생명의 은인이에요."

"은인인지 아닌지는 알 수 없지만, 뜻대로 되기를 바라겠어요."

"테세우스가 내 생명이 됐으니 당신이 생명의 은인인 건 맞아요."

"괴물을 무찌르려면 칼도 필요하겠지요."

다이달로스는 자신이 직접 만든 칼도 내주었다. 묵직하고 단단한 것이 어떤 두꺼운 갑옷도 뚫을 수 있을 것만 같았다.

"아, 정말 고마워요. 이것들이 있으니 이젠 미궁을 정복할 수 있을 거예요."

다이달로스가 확인하듯 말했다.

"다시 말하지만, 실꾸리와 칼만으로 부족합니다. 어둠에 꺾이지 않는 의지와 용기가 필요해요."

아리아드네는 고개를 끄덕였다. 다이달로스에게서 실과 칼을 받아 든 아리아드네는 감옥으로 뛰어가 창살을 사이에 두고 테세우스를 만났다. 그리고 테세우스에게 다짜고짜 물었다.

"내가 당신을 살려 낸다면 나와 함께 떠나 결혼할 수 있나요? 나는 당신과 영원히 함께하고 싶어요. 그럴 수만 있다면 무슨 일이든 할 생각이에요."

테세우스가 대답했다.

"그렇게 하겠소. 낮에 당신을 처음 보았을 때부터 내가 여기서 살아 나가면 무슨 일이 있어도 당신을 데려가리라 결심했소. 하지만 이대로 도망갈 수는 없소. 나는 괴물을 처치하러 여기에 온 거요. 내가 괴물을 처치하지 않으면 아테네의 백성들이 앞으로도 고통을 당할 것이오. 괴물을 먼저 죽이고 당신과 함께 떠나겠소."

아리아드네는 알고 있었다는 듯 말했다.

"그러리라는 건 벌써 알고 있었어요. 일을 하려면 빨리 하는 게 좋아요. 내일이 되면 무슨 일이 벌어질지 알 수 없으니, 오늘 이 밤이 가기 전에 미궁의 주인을 죽이고 떠나야 해요. 당신을 위해서 칼과 이걸 준비했어요."

아리아드네는 품에서 실꾸리를 꺼내 보여 주었다. 테세우스는 그것이 무엇을 뜻하는지 알 수 없었지만 아리아드네를 믿기로 했다. 아리아드네는 간수들이 잠든 틈을 타 감옥 문을 열었다.

"너희들은 여기서 기다리고 있어. 일을 끝내면 다시 이리로 와 너희들을 모두 데려갈게."

테세우스는 열세 명의 다른 포로들을 놔두고 밖으로 나왔다. 두 사람은 달빛을 불빛 삼아 라비린토스의 문이 있는 곳을 향해 바삐 걸었다.

9

탄생

미궁의 문을 열고 들어온 뒤로 몇천 걸음은 걸은 것 같았다. 두툼했던 실꾸리도 이제 꽤 풀려 손아귀에 꼭 잡혔다. 이 정도면 미궁의 심장이 아주 멀리 있지는 않을 것이다. 그러나 그건 실꾸리를 쥔 손의 감각이고, 머릿속의 시간은 진작 아득한 영원으로 빠져나가 버린 것 같았다.

'여기 들어온 이후 긴 세월이 흐른 것 같은 기분이 드는 건 뭣 때문일까?'

테세우스는 또 머리를 흔들었다. 그러자 마음이 다시 뒤죽박죽이 되었다.

'그런데 괴물은 어디 있는 걸까? 있기는 한 걸까?'

갑자기 모든 것이 의심스러워졌다. 의혹이 꼬리를 물고 일어났다.

'괴물은 그냥 전설이 아닐까? 아무것도 없는 텅 빈 미로뿐인 것이 아닐까? 미노타우로스 같은 건 애초에 없었던 것이 아닐까? 교활한 미노스 왕이 공포심을 이용해 사람들을 다스리려고 괴물이 있다는 말을 만들어 낸 건 아닐까? 사람들은 이곳에 들어와 괴물에게 잡아먹히는 것이 아니라 미로 속을 헤매다 지쳐서 그냥 쓰러져 죽는 것이 아닐까? 괴물의 소리는커녕 생쥐 소리 하나 들리지 않는다. 내 발걸음 소리만 이 미로의 천장을 때리고 있을 뿐이다. 모든 것이 혼란스럽다. 내 몸이 하염없이 약해지는 것 같다.'

테세우스는 자신의 몸이 옛날로 돌아가 아장아장 걷는 돌맞이 아이가 된 것만 같았다. 언제 이런 기분을 느껴 본 적 있었던가. 사나운 멧돼지를 때려잡은 몸인데, 왜 이렇게 작아지는 느낌일까. 고립감에 몸이 짓이겨져 가죽 주머니 속에 구겨 넣어지는 듯했다. 테세우스의 머릿속에서 어린 시절의 어머니 얼굴이 떠올랐다.

테세우스가 펠로폰네소스 반도 동남쪽 작은 도시 트로이젠에서 태어난 건 우연이라고도 필연이라고도 할 수 없었다. 아테네의 아이게우스 왕은 부인을 둘이나 들였지만 왕위를 이을 자식이 없었다. 메타도 칼키오페도 아들을 낳지 못했다. 초조한 마음에 아이게우스는 델포이의 아폴론 신전을 찾아가 아들을 얻을 수 있는지 묻고 아폴론의 무녀 피티아에게서 신탁을 받았다. 신탁의 내용은 이러했다.

'아테네 정상에 이를 때까지는 포도주 가죽 부대의 주둥이를 열지 말라.'

신탁이 흔히 그러하듯이 아이게우스에게 내려 준 신탁의 뜻도 얼른 이해하기 어려웠다. 아이게우스는 아테네로 바로 가지 않고 도중에 아는 것 많기로 소문난 트로이젠의 통치자 피테우스의 궁에 들렀다. 아이게우스는 신탁의 내용을 피테우스에게 이야기했다. 피테우스는 신탁의 의미를 금방 간파했다. 포도주 가죽 부대는 남자의 몸을 뜻하므로 아테네로 돌아가는 도중에 다른 여자와 동침하면 그 여자가 아들을 낳으리라는 뜻이었다. 그리고 그 신탁에는 더 깊은 뜻도 있었다. 아들을 낳게 되면 틀림없이 아테네의 왕이 될 것이고, 그렇게 될 경우 아이게우스는 그 아들 때문에 죽게 된다는 뜻이었다. 피테우스는 아이게우스에게 자기가 깨달은 진실을 말하지 않고 신탁의 의미를 얼버무렸다. 대신에 술을 잔뜩 먹여 아이게우스를 취하게 한 뒤 막내딸 아이트라를 아이게우스가 잠든 방으로 들여보냈다. 처음에는 다른 딸들을 들여보내려고 했으나 딸들이 거부하자 막내딸을 불렀다. 아이트라는 아버지를 우러러보았기 때문에 아버지의 뜻이라면 무조건 따라야 한다고 생각했다. 아버지는 막내딸에게 조용히 말했다.

"오늘은 내 말대로 해라. 오늘 밤을 잘 지내면, 너는 아들을 낳을 거고, 나중에 네 아들은 아테네의 왕이 될 거다. 그러면 너는 아테네 왕의 어머니가 되는 거다. 나는 그 왕을 외손자로 둔 외조부가 되는 것이고.”

아이트라는 아버지의 사랑을 받고 싶었으므로 아버지가 하라는 대로 했다. 아들을 낳으면 아테네이 왕이 될 거라느니 하는 말은 귀에 들어오지도 않았다. 마음속에는 아버지를 기쁘게 해 주고 싶다는 생각만 있었다. 아침에 일어나 제정신을 차린 아이게우스는 자기도 모르는 사이에 아이트라와 동침한 사실을 알았다. 아이게우스는 부끄러웠지만 엎질러진 물이었다. 아이게우스는 아이트라에게 부탁했다.

“만약 아들을 낳으면 아버지가 누구인지 절대로 알리지 말고 장성할 때까지 길러 주시오.”

아이게우스는 왕의 자리를 노리는 동생 팔라스의 아들들이 무슨 일을 저지를까 걱정이 되었다. 팔라스의 아들들은 50명이나 됐는데 아이게우스가 왕권을 차지한 뒤 모두 아테네 밖으로 몰아냈으나, 다시 돌아올 기회만 엿보고 있었다. 아이게우스는 몇 년 뒤 팔라스의 아들들을 모두 쓸어 버리게 되지만, 이때까지만 해도 그 무리의 위협은 왕의 골칫거리였다. 아이게우스는 자기가 차고 있던 칼과 신고 있던 가죽신 한 켤레를 커다란 돌 밑에 묻었다.

“아이가 커서 이 돌을 들어 올릴 수 있게 되면 이 징표들과 함께 나에게 보내시오.”

아이트라는 그렇게 하겠다고 약속했다. 피테우스의 막내딸은 아이게우스의 아이를 가졌고 열 달 뒤 아들을 낳았다. 아이트라는 아이 이름을 테세우스라고 짓고는 아이의 외조부 피테우스와 함께 키웠다.

"아이들이 아버지도 없다고 나를 놀려요. 내 아버지는 어디 있어요?"

어린 테세우스가 따지자 외조부는 위로하듯 말했다.

"네 아버지는 바다의 신 포세이돈이다. 삼지창을 들고 바다를 지키느라 집에 있을 시간이 없는 거지. 너는 크면 포세이돈의 아들답게 훌륭한 사람이 될 거다. 아이들이 아버지가 없다고 하면, 포세이돈이 아버지라고 가르쳐 주어라."

외조부가 일러 준 대로 어린 테세우스는 자기를 포세이돈의 아들이라고 믿기로 했다. 외할아버지가 거짓말을 할 리 없었다. 포세이돈이 아버지라고 생각하니 기분이 좋아졌다.

'아버지가 집에 없는 건 바다가 아버지의 집이기 때문이야.'

어린 테세우스는 포세이돈이 아버지라는 말을 믿기로 한 뒤부터 칭얼대거나 응석을 부리지 않았다. 아이들과 어울려 놀기보다는 혼자 보내는 시간이 많았다. 체력 단련을 하거나 궁술과 검술을 배울 때는 활기가 넘쳤지만, 혼자 있을 때는 자주 먼 곳을 그려 보거나 골똘히 생각에 잠겼다. 헤라클레스를 떠올리며 영웅이 되어야겠다고 마음먹으면 온몸이 부르르 떨렸고, 포세이돈을 찾아 수평선 너머로 떠나는 날을 상상하면 가슴이 뛰었다. 활을 쏘고 칼을 휘두르고 레슬링과 달리기를 익히는 중에도 테세우스 마음은 한 생각을 중심에 두고 맴

돌았다.

'멀리, 아주 멀리 떠날 거야. 아버지에게 갈 거야. 영웅이 될 거야.'

테세우스는 십 대를 통과하면서 두 얼굴을 지닌 청년으로 자랐다. 하나는 침착하고 생각 많고 진지한 얼굴이었고, 다른 하나는 무모할 만큼 용감하고 자신감 넘치는 얼굴이었다. 낮과 밤처럼 다른 두 얼굴이 한 사람에게 다 있다는 것이 믿기지 않을 정도였다. 앞의 얼굴일 때 테세우스는 무한의 세계를 조용히 응시했고, 뒤의 얼굴일 때는 두려움을 모르는 맹수의 심장으로 뛰고 내달렸다. 그럴 때면 그 거친 기세를 말릴 수 있는 사람이 아무도 없었다. 그러나 아무리 생각이 깊다고 해도 테세우스는 이제 막 어른의 문턱을 넘어가는 젊은이였다. 아직 인생의 간난신고와 영고성쇠를 알지 못했다. 테세우스는 진실을 꿰뚫어 보는 지혜로운 사람이 아니라 충동을 잘 다스리지 못하는, 혈기 넘치는 젊은이였다.

"오늘은 함께 가 볼 곳이 있다."

테세우스가 스스로 자기 삶을 책임질 만큼 컸다는 판단이 들자 어머니 아이트라는 아들을 데리고 아이게우스가 남긴 징표가 묻혀 있는 곳으로 갔다. 아이트라는 커다란 돌이 놓인 곳 앞에 멈추었다. 제우스 신에게 제물을 바치는 돌이었다.

"여기다. 이 돌을 들어 보아라."

아이트라가 길쭉하고 널따란 돌을 가리키자 테세우스는 몸을 굽혀 두 팔로 돌을 잡고 무게를 가늠해 보았다.

"이 정도면 해볼 만하겠는데요."

테세우스는 두 팔에 힘을 주고 돌을 가뿐하게 들어 올렸다. 양팔을 펼친 것보다 넓은 돌 밑에서 황금이 박힌 칼 한 자루와 가죽신 한 켤레가 나왔다. 그제야 아이트라는 지난 세월 내내 감추어 두었던 이야기를 꺼냈다.

"이제 진실을 이야기할 때가 온 것 같구나. 네 아버지는 포세이돈이 아니라 아테네의 왕 아이게우스란다."

아이트라의 말을 들은 순간 테세우스는 머리가 핑 도는 듯했다.

"어머니, 제 아버지가 포세이돈이 아니라고요?"

아이트라가 대답했다.

"그래. 포세이돈은 네 아버지가 아니다. 너한테 용기를 주려고 외할아버지가 지어낸 얘기다. 네 아버지는 아테네에 계신다."

아이트라는 테세우스가 트로이젠에서 나고 자라게 된 경위를 이야기해 주었다. 어머니의 이야기를 들은 테세우스는 뒤통수를 얻어맞은 것 같았다. 충격은 시간이 가도 가시지 않았고, 상황을 받아들이려 해도 뜻대로 되지 않았다. 테세우스는 자기 아버지가 포세이돈이 아니라는 사실을 곰곰이 생각하고 또 생각했다.

'내 아버지가 포세이돈이 아니라니. 난 정말로 포세이돈이 아버지인 줄로만 알고 컸는데. 아이들이 놀릴 때도 아주 당당하게 내 아버지는 포세이돈이라고 말했는데. 멀리 바다를 내다보면 아버지가 보이는 것 같았어. 아버지가 집에 없어도 내 마음속에선 항상 가까이 있었어. 바다를 보면 됐으니까. 포세이돈을 생각하면 내 가슴이 부풀어 올랐어. 하늘을 다 담을 것 같은 포부가 생겼지. 아버지처럼, 바다의 신처럼, 넓은 세상을 품어 보는 거다. 포세이돈이 내 뒤에 버티고 있는 한은 세상 그 어떤 사람도 그렇게 대단해 보이지 않았어. 아무리 대단한 사람이라고 해도 포세이돈을 능가할 수는 없잖아. 자식은 아버지의 피를 이어받으니 자연히 내 안에 포세이돈의 피가 흐를 것이고, 그래서 내 피에서 바다 냄새가 나는 건 당연한 일이었어. 나는 대양을 다 품어 버리는 날을 꿈꾸었어. 아버지의 세상이 내 세상이 되는 날이 오리라고 생각했어.

그런데 내 진짜 아버지가 지상의 인간이라니. 아테네의 왕이라니. 포세이돈 신과 비교하면 별것 아니잖아. 그래 봤자 인간일 뿐이지. 사람과 신의 차이는 사람과 원숭이의 차이보다 더 커. 신의 눈으로 보면 사람도 짐승과 별로 다를 것 없어. 한순간에 구름 위에서 지상으로 추락한 것만 같네. 신들의 세계 바로 근처에서 거기 오르려고 버둥거리다가 갑자기 땅바닥으로 내동댕이쳐진 기분이다.'

테세우스는 꼬박 사흘 밤낮을 앓아누웠다. 아니 앓아누운 게 아니라 방에 틀어박혀 생각에 골몰했다. 사흘이 지난 뒤 테세우스는 자리에서 일어나 앉았다.

'아버지는 처음부터 인간이었어. 내가 잘못 알고 있었을 뿐이지. 그렇다고 해서 달라질 것은 아무것도 없어. 아니, 보이지 않는 신을 아버지로 두느니 눈에 보이는 현실의 아버지가 나아. 대답하지 않는 신보다 나와 대화할 수 있는 인간이 아버지로서는 적격이지. 그 아버지를 만나러 가는 거야. 나는 아버지로서 포세이돈을 잃어버렸지만, 따지고 보면 잃어버린 것도 아니야. 아버지는 내 안에 살아 있는 거지. 현실의 아버지와 꿈속의 아버지를 함께 모시면 되는 거지. 현실의 아버지는 아테네에 있고, 꿈속의 아버지는 저 바다에, 아니 내 마음속에 있어.'

테세우스는 결심을 굳히고 나서 아이트라에게 말했다.

"어머니, 마음을 정했어요. 내 아버지는 아테네에 있습니다. 그렇지만 이제껏 포세이돈의 아들인 줄로 알고 살았으니 누가 뭐라 하든 저는 여전히 포세이돈의 아들이에요. 아이게우스 왕의 아들은 이제 막 된 것이고요. 앞으로 차차 아이게우스 왕의 아들이라는 사실에 익숙해지겠지요."

테세우스는 마음을 솔직하게 표현하고 나자 속이 편해지는 것 같았다. 아이트라는 아들을 안았다.

"이제 징표도 찾아냈고 마음도 정했으니 아버지에게 갈 때가 된 것 같다."

"어머니, 저랑 같이 가시는 게 어떻겠어요? 어머니도 아버지를 만나는 게 좋지 않을까요?"

"아니다. 나도 그런 생각을 해 본 적이 있지만, 가지 않기로 했다. 너 혼자 가거라. 나는 결혼도 하지 않은 몸으로 너를 낳은 뒤 이날까지 너 하나만 바라보며 살았다. 외로움도 많이 느꼈고 슬픈 날도 많았다. 아버지 없는 자식을 키우는 내 운명이 기구하다는 생각도 했고, 어떤 때는 그런 운명을 강요한 아버지가 원망스러울 때도 있었다. 네가 아버지 없는 아이라는 말을 들을 때는 속이 상하고 화가 나기도 했다."

아이트라는 말을 이었다.

"나는 어린 나이에 너를 낳았지만 너를 키우면서 나도 함께 컸단다. 너를 키우는 일은 나를 키우는 일이기도 했다. 아버지의 말씀에 무조건 복종하는 것이 진정한 사랑은 아니라는 것도 알게 되었고, 세상을 살다 보면 부모에 대한 사랑보다 더 소중한 것이 있다는 것도 알게 되었다. 나는 다른 선택을 할 수도 있었다. 너를 네 할아버지에게 맡겨 두고 다른 곳으로 시집을 갈 수도 있었다. 그렇게 하는 게 내게 더 나은 선택이 됐을지도 모르지. 하지만 아무리 생각해도 너를 두고 가는 게 마음이 편하지 않을 것 같았다. 인생이란 어차피 어떻게 살든 한 번 사는 것이다. 나는 아들을 잘 키워 보기로 했다. 아들을 큰사람으로 키운다면 그것도 좋은 일이라고 생각했다. 나는 내 나라를 떠나고 싶지 않았고, 내가 태어나서 자란 이 궁을 떠나고 싶지 않았다. 아버지와 함께 여기서 너를 키우는 삶이 가장 기쁨이 크다는 걸 알았다. 나는 너를 키우면서 행복을 누릴 만큼 누렸다. 이만하면 내가 할 일은 끝났다. 나는 네 아버지 아이게우스 왕을 바라보며 산 것이 아니다. 너를 키우는 동안 네 아버지는 내 마음에 없었다. 그러니 내가 아테네까지 갈 이유는 없다. 나는 내 나라에서 내 방식대로 사는 게 좋다."

아이트라는 아테네에 다른 여자가 아이게우스 왕의 부인으로 들어와 살고 있다는 것도 마음에 걸렸으나, 그 말을 꺼내지는 않았다. 테세우스는 어머니를 더 설득해 볼까도 생각했지만 아이트라가 워낙 단호하게 이야기하는 데다 그 마음이 납득되지 않는 것도 아니어서 더 권하지 않기로 했다.

"어머니 뜻대로 저 혼자 가겠습니다. 생각해 보니 그 편이 더 좋겠습니다. 우선은 어머니 마음이 편할 거고요. 저도 혼자서 가야 제가 하고 싶은 모험을 마음껏 할 수 있을 것 같거든요. 사실 모험이 저를 부르는 것 같아 온몸이 달아오르는 참이었어요."

날이 따뜻해지자 테세우스는 아버지의 가죽신을 신고 징표인 칼을 허리에 차고 어머니와 외조부 피테우스에게 작별 인사를 했다. 테세우스는 이제 진정한 인생의 목표가 생겼다고 생각했다. 태양을 지키는 상상 속의 아버지가 아니라 아티카의 도시 아테네를 다스리는 진짜 아버지를 찾아 떠나는 것이다. 테세우스는 코린토스 지협을 지나 아티카로 들어가는 육로로 향했다. 그때 테세우스는 사람을 해치는 산적들을 모두 때려잡고 아테네에 들어가겠다는 생각을 하고 있었지만, 그 뒤에 무슨 일이 일어날지는 전혀 예상하지 못했다. 괴물 미노 타우로스의 먹이가 돼 크레타 섬까지 오게 되리라는 것도 그 때는 알지 못했다.

10

대결

　그랬던 테세우스가 지금 이곳 크레타의 미궁 속을 헤매고 있었다.

　'사람의 내장 속을 헤집고 다닌다면 이런 기분일까. 땅속의 이 기나긴 창자 안에서 기생충처럼 꾸물거리고 있다니. 언젠 가 우리 배 속에 아주 커다란 촌충이 살고 있다는 얘기를 들 었을 때, 내 배를 만져 보았지. 이 배 속에 사는 놈은 얼마나 답답할까, 그런 생각을 했는데, 내가 지금 그 꼴 아닌가. 처음 부터 여기 들어올 일이 아니었던 걸까. 내가 무모했던 게 틀 림없어. 자꾸만 어깨가 무거워지네. 헤라클레스를 흉내 낸다 고 겁 없이 나섰다가 태양도 달도 없는 이 지하의 어둠 속에 영원히 묻혀 버리는 것은 아닌지 모르겠다.'

　그런 생각이 들자 한편으로 테세우스는 자기 자신이 한심

하고 우습기조차 했다. 그런 생각을 하니 순간 입에서 '풋' 하고 헛웃음이 나왔다. 그러다가 조금 시간이 지나자 다시 두려움의 물결이 차올랐다. 처음에는 무릎쯤에서 찰랑거렸는데 허벅지를 지나 배꼽을 넘고 가슴 위로 올라오더니 이제는 턱 밑에서 넘실거렸다.

'두려움에 빠져 죽을 수도 있겠구나. 굵은 동아줄로 꽁꽁 동여맨 것처럼 심장이 오그라든다. 페리페테스가 몽둥이를 휘두르며 달려올 때도 이렇게 두렵지 않았고, 그 커다란 암퇘지 파이아가 엄니를 들이밀며 돌진해 올 때도 두려움보다는 오히려 짜릿한 흥분감이 더 컸지. 무서운 걸로만 치면 프로크루스테스의 침대도 별것 아니었어. 지금 느끼는 이 두려움은 종류가 달라. 지옥의 목구멍 속으로 들어간 영웅들이 이랬을까. 죽음이 눈앞에서 어른거리는 것 같다. 이러다가 정신이 나가 버리는 건 아닐까. 눈앞이 빙빙 돌고 어지럽다. 아니, 여기서 정신을 놓으면 안 돼. 여기서 더 빨려 들면 끝장이다.'

이제 두려움은 공포의 물결이 돼 테세우스를 익사시킬 듯 머리끝까지 차올랐다. 테세우스는 한 번도 느껴 보지 못한 피로감에 무릎이 꺾여 다리가 풀리는 느낌이 들었다. 물에 불었다 흩어지는 살점들처럼 몸뚱이가 흐물흐물해지는 것 같았다. 지금 마지막 힘을 다해 버틸 수 있는 데까지 버텨 보는 수밖에 없지만, 실전으로 다져진 몸도 더 견디기 어려운 상태가 된 것 같았다. 이 미로 속의 공기가 바깥에서 들어온 자의 기운을 빼앗아 가는 것이 틀림없었다. 밀폐감이 커질수록 무력감도 커졌다. 가슴은 조여들고 다리는 문어발처럼 흐느적거렸다. 모험에서 모험으로 이어진 지난 시간이 그림자극처럼 빠르게 지나갔다. 테세우스는 이제 거의 쓰러질 지경에 이르렀다. 손안의 실은 거의 다 풀렸는데, 여기서 죽는 건가. 자기 자신을 향한 연민이 공포에 섞여 들었다. 이대로 죽음의 밥이 되는 걸까. 테세우스는 처음으로 죽음에 대해 진지하게 생각했다.

'죽음이란 무엇일까? 누구는 영원히 잠드는 것이라 하고, 누구는 다시 태어나기 전의 짧은 휴식이라 하고, 누구는 혼이 하늘로 올라가 천국에 안착하는 것이라 하는데, 나는 한 번도 진지하게 죽음에 대해 생각해 본 적이 없었다. 죽음은 나에게 너무 멀고 낯설었다. 생각해 보면 내가 한 번도 죽음을 목격하지 않은 것은 아니었다. 사실은 그 반대였다.'

생각이 거기에 미치자 테세우스는 그동안 자기 앞을 지나간 수많은 죽음이 떠올랐다.

'그래, 무수히 많은 죽음을 보았지. 아무리 악당이라고 하지만 내 손으로 죽인 페리페테스며 시니스, 스케이론, 케르키온이 다 내 손에 죽음을 당해 저세상으로 사라졌잖아. 프로크루스테스의 집에서 그의 몸뚱이를 잘라 죽일 때는 정말 나도 겁이 났고, 내 자신이 혐오스러울 지경이었어. 그런데도 그자들의 죽음을 따져 볼 생각을 하지 못했지. 짐승을 죽이는 것과 뭐가 다른지 도무지 차이를 느끼지 못했어. 그냥 선량한 사람들을 괴롭히는 나쁜 놈들이니 죽여 없애는 게 좋은 거라고만 생각했지. 살아서 저지른 죄를 털어 내는 것이 죽음이라고 정말로 가볍고도 단순하게만 생각했어. 하지만 따져 보면 페리페테스는 헤파이스토스와 안티클레이아의 아들이고, 시니스는 폴리페몬과 실레아의 아들이지. 또 스케이론은 펠롭스의 아들이고 케르키온은 브랑코스의 아들이야. 잔인한 프로크루스테스도 아버지와 어머니가 없었을 리 없어. 그자들도 부모의 소중한 자식일 텐데, 그 자식의 죽음을 부모가 알았다면 틀림없이 슬퍼했겠지. 아니, 그 산적들이야 먼 나라 사람들이니 그렇다 치자. 내가 아테네에 온 뒤로 열세 명의 남녀 아이들이 미노타우로스의 제물로 뽑혔을 때, 부모들이 절망하여 흘리는 눈물을 내 두 눈으로 똑똑히 보았어. 그 사람들은 자식이 죽은 거나 마찬가지라고 생각하고 눈물을 쏟았어. 이 사람들에게 자식의 죽음이란 저의 또 다른 존재를 영원히 잃어버린다는 것을 뜻하지. 영원히 잃어버릴 것이기 때문에 부모들은 사랑하는 아이들을 떠나보내며 그렇게 하염없이 눈물을 흘렸던 것이겠지. 그런데 그건 부모 처지에서 겪는 자식의 죽음이지. 그렇다면 나 자신에게 나의 죽음이라는 것은 도대체 뭘까?'

테세우스는 잠시 생각을 멈추었다. 아무 소리도 들리지 않고 아무것도 보이지 않았다. 테세우스는 마치 오래 잠수하기

전 공기를 힘껏 빨아들이듯 숨을 깊이 들이켰다.

'도대체 나 자신의 죽음이라는 건 뭘까? 내가 죽는다는 걸 나는 여기, 이 깊은 곳에 들어와 처음 생각한다. 삶에서 죽음으로 건너간다는 건 어떤 것일까? 어둠 속으로, 저세상으로 내가 정말로 건너가는 것일까. 죽음이 영원으로 가는 깊은 잠이라면 우리는 잠이 듦과 동시에 모든 것을 잊어버린다. 아니 잊어버린다는 말로는 부족하다. 모든 것이 한순간에 정지돼 버린다. 돌 속에 묻힌 화석처럼 시간이 멈춰 버린다. 우리 자신이 죽는다는 생각도 죽음과 함께 망각 속에 묻혀 버린다. 우리가 죽기 직전까지만 우리는 우리의 죽음을 생각할 수 있고 의식할 수 있다. 죽는다는 것을 의식한다는 것은 우리가 아직 죽지 않았다는 것이다. 지금 내가 이 미궁의 어느 귀퉁이에서 죽음을 생각하고 있듯이, 죽음은 절대로 진짜로 죽기 전까지는 우리를 덮치지 않는다. 우리 눈앞에서, 아니면 우리 목덜미에서 어른거리고 넘실거릴 뿐이다. 죽음의 공포에 짓눌리지 말고 죽음 그 자체를 똑바로 들여다보자. 그렇게 보면, 이 미궁은 삶에서 죽음으로 넘어가는 통로, 죽음의 낭떠러지를 향해 한없이 접근하는 통로임이 틀림없다. 이 미로가 다하기 전에 죽음의 벼랑, 완벽한 망각과 정지의 최종 지점이 나올 것이다. 다른 수가 없어 그곳을 향해 나는 가고 있는 것이 분명하다.'

생각이 여기까지 이르자 테세우스는 프리지아의 미다스 왕이 삶과 죽음에 관해 숲의 현자인 실레노스와 주고받은 문답이 떠올랐다. 언젠가 미다스 왕이 이 세상에서 가장 좋은 것이 무엇이냐고 묻자 실레노스는 이렇게 대답했다.

"가장 좋은 것은 태어나지 않는 것이고, 그다음으로 좋은 것은 어려서 일찍 죽는 것이오."

"그럼 가장 나쁜 것은 무엇이오?"

"가장 나쁜 것은 늙도록 죽지 않고 사는 것이라오."

이제야 테세우스는 실레노스의 대답이 진리의 말과 같다고 느꼈다.

'맞다. 태어나지 않는 것이 정말로 가장 좋은 것이다. 태어나지 않았다면 죽을 일도 없을 것이니, 죽음의 공포도 없을 것이다. 어려서 죽는다면 아이는 아직 죽음에 대한 의식이 커지기 전이니 죽음에 대한 두려움도 작을 수밖에 없다. 공포와 고통은 부모와 산 자들의 몫일 뿐, 어린아이는 어른들만큼 두려움을 느끼지 않는다. 아이들에게 죽음은 잠드는 것과 다를 것이 없다. 실레노스 말대로 죽음의 진정한 공포는 세상을 살아 본 사람들, 자기를 알 만큼 아는 자들의 몫이다. 나를 알면 알수록, 세상을 알면 알수록 죽음의 공포는 커진다. 아이들은 죽음이 무엇인지, 죽음의 공포가 무엇인지, 죽음 너머가 어떤 것인지 알지 못하기 때문에 어른들처럼 두려움에 사로잡히지 않는다. 세상을 알면 알수록 알지 못하게 되는 게 죽음이다. 이 역설이야말로 비밀스러운 삶의 진실 아닐까. 나를 알면 알

116

수록, 자기의식이 커지면 커질수록 죽음의 공포도 커진다. 내가 사라진다는 것, 나라는 존재가 한순간에 물거품처럼 터져 버린다는 것, 나를 나로 의식하는 이 의식이 무(無)로, 진공으로 꺼져 버린다는 것, 불꽃이 사라지듯 사라져 버린다는 것, 그것이 바로 죽음이기 때문에, 죽음이 눈앞에 다가올 때 우리는 견딜 수 없는 공포를 느끼는 것이다. 죽음은 삶 속에서 조금씩 자란다. 그리하여 죽음은 마침내 삶의 겉옷을 뚫고 나온다. 파도처럼 죽음은 삶의 방파제를 넘어 휩쓸고 들어온다. 죽음은 막을 수도 주저앉힐 수도 없는 폭군이므로, 우리 삶은 그 폭군의 칼날 앞으로 끝없이 나아가는 과정이므로, 불운하게도 우리가 이 삶을 살 수밖에 없다면, 다른 길은 없다. 삶이 지속되는 동안 죽음을 연습하는 수밖에 없다. 사실 모든 재능의 비밀이 연습에 있듯이, 삶이 죽음을 다스리는 비법도 끊임없이 죽음을 연습하는 것에 있을 것이다. 가장 덜 고통스럽게, 가장 덜 안타깝게, 가장 덜 불행하게 죽으려면 우리는 죽음을 매일 끝없이 되풀이하여 연습하는 수밖에 없다. 우리는 우리 삶에 할당된 몫을 완수해야 할 것이고 그 완수한 것을 발판으로 삼아, 연습의 부축을 받아 죽음으로 넘어가야 할 것이다.'

테세우스는 숨을 한 번 깊이 들이쉬었다. 지하의 찬 기운이 속을 채웠다. 생각이 꼬리에 꼬리를 물다가 끝을 보이는 듯했다.

'이 미궁은 나에게 무엇일까? 내가 살아 돌아간다면 이 미로의 시간은 분명히 죽음을 가장 깊이 체험하는 시간으로 남을 것이다. 내가 살아 돌아간다면 가장 밀도 높은 죽음의 연습이 될 것이다. 그러나 어쨌든 그건 살아 나가 이후의 일이다.'

테세우스는 미궁의 창자 안에서 창자 속을 더듬으며 아주 오래 산 사람처럼, 삶의 종말을 눈앞에 둔 노인처럼 죽음을 곱씹었다. 미궁 안에서 테세우스는 시간을 거슬러 어린아이가 되었다가 다시 나이를 먹었고 화살처럼 세월을 통과해 멀리 날아갔다. 바로 그때 처음 듣는 낯선 소리가 어둠 저편에서 들렸다. 아주 낮은 바람 소리 같은 소리가 미로의 바닥을 타고 올라왔다. 풀렸던 감각들이 한순간에 되살아나 곤두섰다. 손을 벽에 짚은 채로 발을 조심스럽게 앞으로 내디뎠다. 한 발자국씩 앞으로 나아갈수록 '쉬익' 하는 낯선 바람 소리가 점점 더 커졌다. 몇 걸음 더 내디디니 바람 소리 사이로 그르렁거리는 듯한 짐승 소리가 섞여 들어왔다.

'미노타우로스인가?'

가슴이 쿵쾅거렸다. 테세우스의 온 신경과 근육이 순식간에 서릿발처럼 긴장했다. 천천히 걸음을 옮겨 몇 걸음 앞으로 가자 왼쪽으로 꺾인 통로가 나타났다. 거기에서 희미한 빛이 새어 나왔다. 테세우스는 잔뜩 웅크렸다가 표범처럼 발소리를 죽이며 살그머니 몇 걸음 앞으로 나아갔다. 그리고 모퉁이를 도는 순간 몸을 던지듯 튀어 나갔다.

'여기가 바로 그곳이구나.'

미궁의 한가운데, 괴물의 방이 확실했다. 반듯하게 깎은 돌을 돔처럼 쌓아 올린 방이었다. 돌 벽에 조금 튀어나온 등잔에서 희미한 불이 가물거렸다. 불은 꺼지기 직전인 양 힘이 없었다. 그래도 불빛이 방 안의 사물의 윤곽을 알아 볼 수 있도록 해 주었다. 미노타우로스로 보이는 커다란 형체가 방 한쪽 침대에 누워 있었다. 깊은 잠에 빠진 것이 분명해 보였다. 테세우스의 날랜 발이 한 번 더 앞으로 나아갔다.

'탁.'

그때 둔탁한 물건이 부딪치는 소리가 났다. 해골이 틀림없었다. 나뒹굴던 두개골이 바닥에 쌓인 뼈들과 부딪쳐 나는 소리였다. 테세우스는 흠칫 놀랐다. 해골이 부딪혀 내는 소리가 모든 것을 바꾸었다. 침대의 괴물이 들썩이는 듯하더니 용수철처럼 벌떡 일어났다.

'아, 저건 황소다. 거대한 황소다.'

분명히 검은 털로 덮인 황소의 머리였다. 사람 팔뚝보다 굵고 팔보다 긴 뿔이 머리 위 좌우로 솟아 있었다. 뾰족한 뿔은 무엇이든 뚫어 버릴 것처럼 끝이 날카로웠다. 낮에 크노소스 궁전의 거대한 황소 두상에서 얼핏 보았던 것처럼 무섭고도 멋있게 뻗은 뿔이었다. 황금빛에 가까운 뿔은 검은 털과 대조를 이루었다. 등잔불이 내어주는 흐린 빛 속에서 머리와 몸의 윤곽이 점차 뚜렷해졌다. 커다란 황소 머리 아래 거인의 몸이

떡 버티고 서 있었다. 테세우스의 건장한 어깨도 이 괴물 앞에서는 소년의 것처럼 작아 보였다. 정말 독특한 것은 미노타우로스의 둥그런 두 눈이었다. 지난날 마라톤 평야에서 잡았던 그 미친 소의 눈과 비슷했지만 훨씬 더 크고 눈동자는 속을 알 수 없을 정도로 깊었다. 미노타우로스의 눈을 응시하자 테세우스는 괴물의 눈 속으로 빨려 들어갈 것 같았다.

"너는 누구냐?"

미노타우로스가 모든 것을 삼켜 버릴 듯 울리는 목소리로 물었다.

"나는 테세우스다. 너를 잡으러 왔다."

테세우스는 떨지 않으려고 온몸에 힘을 주고 대답했다. 테세우스의 대답이 어처구니없다는 듯 미노타우로스가 크게 한바탕 웃었다. 기괴한 웃음소리가 어찌나 큰지 거미줄처럼 뻗은 수많은 미로를 따라 미궁 전체가 한꺼번에 울리는 듯했다.

"이곳에 들어온 자들 중에서 이제껏 너처럼 말한 자는 없었다. 아니 이곳까지 대담하게 찾아 들어오는 자도 없었지. 다들 미로 속을 헤매고 다니다 제풀에 쓰러지거나 나를 보자마자 정신을 잃었다. 내 목소리를 듣고 기절해 버리기도 했다. 그런데 너는 지금 나를 상대하겠다는 거냐?"

미노타우로스의 물음에 테세우스는 배에 힘을 더 주고 대답했다.

"그렇다. 나는 너의 목숨을 거두러 왔다. 나에게 네 심장을 내놓아라."

그러면서 테세우스는 칼집에서 칼을 뽑았다. 옅은 불빛에도 칼날이 번득이는 듯했다.

"그런 장난감 같은 걸로 나를 잡겠다고? 가소로운 놈이다. 너는 내가 누구인지 들어 보지도 못했느냐? 내가 너 같은 애송이한테 터럭 하나라도 잡힐 것 같으냐?"

미노타우로스를 노려보던 테세우스의 눈에 괴물의 털이 들어왔다. 미노타우로스는 머리는 말할 것도 없고 온몸이 거친 털로 덮여 있었다. 아테네로 오는 중에 죽였던 암퇘지의 뻣뻣한 털과 비슷했지만 머리털은 더 길고 숱도 많았다.

"나는 네 털을 원하는 것이 아니라 네 목숨을 원한다."

테세우스는 칼을 잡은 손에 힘을 주고서 고함치듯 말을 뱉었다.

"도대체 무엇 때문에 내 목숨을 가져가겠다는 거냐?"

미노타우로스는 정말 궁금하기라도 한 듯한 말투로 물어보았다. 마치 이유를 알면 목숨을 내주기라도 할 것 같은 투였다.

"내 나라 사람들이 죄 없이 죽어 가는 것을 두고 볼 수 없다. 벌써 몇 번이나 아테네의 아들딸들이 이 미궁에서 해골이 됐다는 걸 네가 더 잘 알 것이다. 아테네 사람들의 희생을 막으려고 내가 대신 여기로 들어온 것이다. 나는 아테네의 왕위를 이을 사람이다. 아테네 백성을 지키는 것은 내가 해야 할 일이다. 이 정도면 대답이 됐겠지?"

테세우스의 설명에 괴물은 마치 알아들었다는 듯 말을 받았다. 으르렁거림이 대화 비슷한 것으로 바뀌었다.

"기대했던 것 이상으로 흥미로운 대답이다. 네 백성들을 대신해서 직접 이곳에 들어왔다는 것이지? 네 뜻이 그렇다는데 말릴 수야 없지. 이제 손님에 대한 대접은 이쯤 해 두고 주린 배를 채워야겠다. 어디 네 고기 맛이 어떤지 좀 보자."

하지만 미노타우로스는 바로 덤벼들지 않고 상대방이 대답하기를 기다리는 듯한 자세를 보였다. 테세우스가 다시 말을 이었다.

"너는 사람의 말을 하니 틀림없이 사람의 마음도 갖고 있을 것이다. 그렇게 사람을 잡아먹는 네 자신이 혐오스럽지도 않으냐?"

미노타우로스가 잠깐 머뭇거리더니 대답했다.

"내가 보기엔 너도 사람 고기 맛을 아는 것 같은데."

미노타우로스의 난데없는 말에 테세우스가 조금 놀라며 말을 받았다.

"그게 무슨 말이냐?"

"이런 곳에 혼자 들어올 정도로 강심장이면 다른 곳에서 얼마나 많은 목숨을 해쳤겠느냐는 말이다. 사람 잡는 재미를 못 느낀다면 왜 그런 짓을 하겠느냐?"

미노타우로스의 말을 테세우스는 강하게 맞받았다.

"그건 그렇지 않다. 내가 사람을 죽인 것은 사실이지만, 악랄하고 잔인무도한 놈들을 해치웠을 뿐이다. 죄 없는 사람들을 잡아 죽이는 놈들을 다른 사람들을 대신해 죽인 것이다. 너와는 경우가 다르다."

"정말 그럴까? 내가 본 바로는 사람이란 게 그리 특별한 존재가 아니다. 멀쩡한 정신, 멀쩡한 얼굴로 짐승보다 잔인하게 다른 사람을 죽이는 것이 사람이다. 잔인하기로 치면 사람보다 더한 게 없다. 나는 사람을 용서할 수 없다."

미노타우로스가 선언하듯 목소리에 힘을 주었다. 그러나 테세우스는 물러서지 않고 말을 계속했다.

"아무리 사람이 잔인하다 해도 네가 저지른 나쁜 짓과 비교할 일은 아니다. 너는 무장도 하지 않고 힘도 제대로 쓸 줄 모르는 연약한 아이들을 잡아먹었다. 사람이 잔인하다니, 네가 그런 말을 할 수는 없다. 너는 사람 잡아먹는 괴물일 뿐이란 말이다."

테세우스의 말이 끝나기도 전에 미노타우로스의 목소리가 커졌다.

"네가 내 안의 슬픔을 아느냐. 나는 저주받아 괴물로 태어났고 버려졌다. 이 세상 어떤 사람들에게도, 심지어 내 어머니에게도 사랑받지 못했다. 파시파에는 나를 안아 준 적도 없고 나에게 손 한 번 내민 적도 없다. 나를 낳자마자 내버렸다. 나는 파시파에의 자식이 아니라 흉측한 괴물일 뿐이었다. 사람들은 나를 피하고 두려워하기만 했다. 내 안에 대양처럼 가득한 슬픔을 네가 한 번이라도 생각해 본 적이 있느냐? 내 배 속에는 커다란 바위가 들었다. 괴로움과 외로움이 굳고 굳어서 바위가 됐다. 거기서 분노가 솟아올랐다. 나는 사람을 잡아먹기로 했다. 사람을 잡아먹어 배고픔을 이기고 슬픔을 이기고 외로움을 이겨 내기로 했다. 내가 사람 고기를 좋아한다고? 사람을 그리워하는 것이다. 사람 고기를 먹으면서 그리움도 함께 먹는 것이다. 나는 나에게 떨어진 저주를 이해할 수 없다. 잘못은 미노스 왕이 했는데, 왜 내가 이런 고통을 받아야 하느냐? 괴물은 내가 아니라 너희 사람들이다!"

미노타우로스가 울부짖었다. 그 울부짖음은 어쩐지 두려움보다 연민을 느끼게 했다. 테세우스가 말했다.

"그리움 때문에 사람 고기를 먹는다고? 사람을 잡아먹는 게 그리움을 먹는 일이라고? 이해할 수 없는 말이다."

미노타우로스가 목소리를 조금 낮춰 대답했다.

"내 안에 분노가 있고 슬픔이 있다. 나는 사람을 미워하고, 인간 세상을 미워한다."

테세우스는 미노타우로스의 커다란 눈을 보았다. 정말로 분노와 슬픔이 배어 있는 것 같았다.

미노타우로스의 눈자위가 번들거렸다. 눈물이 차오르는 것일까. 눈자위에 물기가 돌자 무섭게만 보이던 짐승의 눈동자가 사람의 눈동자로 보이기 시작했다. 거기에 깊이를 알 수 없는 어떤 아픔이 잠겨 있는 듯했다. 미노타우로스의 목소리가 조금 더 낮아졌다.

"나 혼자만 속으로 중얼거렸던 말들이 튀어나오다니, 이상한 일이다. 도대체 너는 누구냐?"

테세우스는 어린 시절 외조부에게서 여러 번 들었던 말을 했다.

"내 아버지는 포세이돈이다. 바다의 신이 내 아버지라고 듣고 자랐다."

그러자 미노타우로스의 목소리가 조금 더 진지해졌다.

"그렇다면 너는 나와 한핏줄이다. 내 아버지는 포세이돈이 보낸 흰 소였다. 포세이돈이 흰 소를 보냈으므로 나와 너는 동족이라고 해도 틀리지 않을 것이다."

미노타우로스의 말을 테세우스가 밀어냈다.

"포세이돈이 흰 소를 보냈다고 해서 포세이돈의 핏줄이라니 그런 억지가 어디 있느냐?"

미노타우로스도 완강했다.

"아니다. 바다는 포세이돈의 몸이고 파도의 거품은 포세이돈의 씨앗이다. 그 거품에서 태어났으니 흰 소가 포세이돈의 피를 이어받은 것은 틀림없는 사실이다. 흰 소의 씨를 받은 나도 마찬가지로 포세이돈의 핏줄이다. 그러니 네가 포세이돈의 자식이라면 너와 나는 한핏줄이 되는 거다. 이젠 알아들었겠지?"

테세우스가 다시 말을 받았다.

"포세이돈은 내 아버지로 이 가슴속에 살아 있다. 포세이돈이 내 마음에 아주 큰 꿈을 심어 주었다. 아버지처럼 되고 싶은 게 아들이고, 할 수만 있다면 아버지를 뛰어넘고 싶은 게 아들이다. 물론 내가 아버지를 뛰어넘었다는 얘기는 아니다. 아버지의 드넓은 바다를 생각하면 내 존재가 얼마나 초라한지 모른다. 나는 아버지를 향해 나아가는 마음으로 바다를 건너 여기까지 왔다. 그러고 보니 너를 만나게 된 것도 어찌 보면 포세이돈이 내 안에 살아 있었기 때문일지도 모르겠다. 그렇다고 해도 너를 나의 동족으로 볼 수는 없다. 나는 너 같은 괴물과는 아무런 인연이 없다."

미노타우로스가 좀 서운한 듯한 표정을 짓더니 다시 제 속내를 이야기하기 시작했다.

"보아하니 너는 많은 모험을 했음이 분명하다. 네 어깨, 네 눈빛, 네 말투, 그 꼿꼿한 허리를 보면 알 수 있지. 이곳에서 나는 혼자 있는 동안 많은 생각을 했다. 사실 이 미궁 안에서는 생각 말고는 할 일도 없다. 네가 이 안에 들어앉아 있다면 뭘 할 수 있겠느냐. 뛰어다니고 벽을 들이받고 소리 지르는 것도 하루 이틀이지 결국에는 가만히 주저앉아 생각하는 것밖에 할 게 없다. 나는 미궁 바깥에서 했던 경험들, 그 쓰라리고 수치스러운 기억들을 이 미궁 안으로 가지고 들어와서 마치 황소가 낮 동안 먹은 풀을 저녁에 되새김질하듯 되새기고 되새겼다. 천 번 만 번 되풀이해서 생각했다. 그래서 마침내 내가 알게 된 것이 무엇이냐고? 나는 나 혼자만이 아니라는 것을 알게 되었다. 수많은 사람들 안에 내가 있었다. 사람들이 위대하다고 칭송하는 자들 안에도 내가 있었다. 미노스 왕 안에도 내가 있고, 어머니 파시파에 안에도 내가 있었다. 장군들, 대신들 안에도 내가 있고, 시종과 시녀들 안에도 내가 있었다. 그러니 네 안에도 내가 있음에 틀림없다."

테세우스가 우습다는 듯 받아쳤다.

"무슨 말이냐? 내 안에 있는 것은 포세이돈의 대양이고, 헤라클레스의 용맹이지 너 같은 괴물은 아니다. 네가 뭐라고 하든 나는 사람이고 너는 괴물이다. 우리는 서로 섞일 일이 없다."

미노타우로스의 커다란 눈이 테세우스를 노려보았다.

"테세우스라고 했지? 네 속을 들여다보고 이야기하는 게 좋겠다. 아침에 일어나 거울을 볼 때마다 거죽만 보지 말고 네 눈 속을 들여다봤다면 벌써 알았겠지. 네가 했던 영웅 행각이란 게 다 뭐냐? 그게 나 미노타우로스가 사람을 잡아먹는 것과 뭐가 다르냐?"

미노타우로스가 목소리를 높여 다시 테세우스를 추궁하자, 테세우스가 방어하듯 말했다.

"아까 벌써 대답했지만 나는 사람들을 괴롭히는 산적들과 맹수들을 죽인 것이다. 내가 든 것은 정의의 칼이었고 의로움의 주먹이었다. 나는 포악한 것들을 해치웠을 뿐이다."

미노타우로스가 비웃듯이 말을 받았다.

"내 둔한 머리가 아는 걸 네 빠른 머리가 알지 못한단 말이냐? 가장 선한 것은 가장 악한 것과 연결돼 있다. 선의 뿌리는 악이다. 악이 선을 키운다. 네 정의로움은 너의 사악함이 만들어 낸 것이다. 네 안의 저 깊은 곳에서 짐승이 울부짖는 소리를 들어 본 적이 없단 말이냐? 미친 듯이 날뛰는 황소가 심장을 향해 뿔을 들이대는 것을 느껴 본 적이 없단 말이냐? 그것이 너를 날뛰게 만든 것이다. 네 안에 든 그 미친 짐승을 똑바로 알아보지 못하면 너는 언젠가는 그 짐승에게 받히고 말 것이다."

테세우스의 목소리가 커졌다.

"다 헛소리다. 다시 말하지만 나는 내 백성들을 구하려고 여기에 왔고, 사람을 잡아먹는 괴물, 너 미노타우로스를 해치우려고 여기에 왔다."

미노타우로스의 말이 으르렁거림으로 다시 바뀌었다.

"말을 못 알아들으니 더 말해서 뭐하겠느냐? 어차피 너는 죽어야 할 목숨이다. 너를 잡아서 오랫동안 배고픔에 시달린 내 배를 채워야겠다. 너는 제물로 여기 들어왔으니, 이제 입을 다물고 내 밥이 되어라."

테세우스도 맞받았다.

"이제야 모든 게 정상이 된 것 같다. 괴물이 내게 훈계를 하다니 가당키나 한 일이냐? 나도 내가 해야 할 일로 돌아가야 겠다. 내 임무는 너를 죽여 이 오래된 근심 걱정을 없애는 것 이다."

말을 하면서 테세우스는 이상하게도 괴물에 대한 두려움이 사라졌다고 느꼈다. 그러나 말을 채 마치기도 전에 미노타우 로스의 커다란 검은 머리가 테세우스의 가슴을 들이받았다. 하마터면 날카로운 뿔에 목이 찔릴 뻔했다. 테세우스는 괴물 의 일격에 뒤로 벌렁 넘어졌다. 바닥에 뒹굴던 오래된 뼈들이 우지끈 부서지는 소리를 냈다. 칼자루가 손아귀에서 벗어나 벽으로 날아갔다. 미노타우로스가 무기를 잃은 테세우스를 향 해 무섭게 달려들었다. 테세우스는 미노타우로스의 뿔을 잽싸 게 피해 등에 올라타고서 괴물의 뒤통수를 주먹으로 내리쳤 다. 야수를 쓰러뜨렸던 그 바윗돌 같은 주먹이었다. 그러나 그 정도에 고꾸라질 괴물이 아니었다. 미노타우로스가 머리통을 거칠게 흔들어 대자 등에 탄 테세우스가 미끄러졌다. 이때를 놓치지 않고 괴물이 양손으로 테세우스의 두 다리를 잡아 벽 으로 내던졌다. 테세우스의 어깨가 벽에 부딪혀 '쿵' 하고 울 리는 소리를 냈다. 몸이 떨어지자 다시 바닥의 뼈들이 우지끈 부서졌다.

그때 테세우스의 손에 바닥에 떨어진 칼이 잡혔다. 테세우 스는 아리아드네가 건네준 그 칼을 오른손으로 잡아들었다. 미노타우로스가 다시 전속력으로 테세우스를 향해 달려들었다. 창날처럼 날카로운 뿔에 받히면 갈비뼈든 허리뼈든 다 바스러지고 말 것 같은 기세였다. 이번에 테세우스는 피하지 않았다. 미노타우로스의 머리통이 달려들자 테세우스는 왼손으로 괴물의 오른쪽 뿔을 잡아 옆으로 낚아챘다. 미노타우로스의 머리통이 왼쪽으로 확 기울어지고 목이 드러났다. 이 순간을 놓치지 않고 테세우스는 오른손에 쥔 칼을 괴물의 목과 가슴 사이로 찔러 넣었다. 테세우스가 팔과 어깨에 힘을 주자 칼은 괴물의 가슴으로 파고들어 칼끝이 심장에 닿았다. 괴물의 입에서 이제껏 들어 볼 수 없었던 깊고도 큰 울부짖음이 터져 나왔다. 미노타우로스의 울음은 미궁의 미로를 돌아 끝까지 달아난 뒤 메아리쳐 돌아왔다. 크노소스 궁전조차 괴물이 울부짖는 소리에 흔들릴 지경이었다.

미노타우로스의 울음소리는 돌이 깨지고 쇠가 부딪치는 소리로 바뀌었고, 그 소리와 함께 핏물이 칼날을 타고 넘쳐흘렀다. 괴물이 숨을 내쉬자 붉은 피가 분수처럼, 간헐천의 물줄기처럼 거꾸로 솟구쳤다. 미궁의 벽이 피로 물들었고 그보다 많은 피가 테세우스의 몸을 머리털부터 발끝까지 흠뻑 적셨다. 핏물이 얼굴을 때리자 테세우스는 눈을 질끈 감았다. 피는 계속 흘러나왔다. 숨을 몇 번 더 쉬고 난 괴물은 으르렁거리듯 속삭였다.

"너는 내 슬픔과 괴로움과 외로움을 들어 주었다. 나는 처음으로 사람에게 말을 건넸다. 내 울분을 네가 들어 주었으므로 내 목숨을 너에게 주어도 아깝지 않다. 이제 나는 쉴 수 있다. 내가 여기서 얻은 생각은 아까 다 이야기해 주었으니 이제 너의 것이다. 네가 그것을 선물이라고 생각할지는 모르겠지만 어쨌든 나는 너에게 주었다."

미노타우로스의 눈에 눈물이 그렁그렁했다. 아픔 때문인지 안도 때문인지 알 수 없었다. 테세우스가 대답했다.

"네가 네 생각을 내게 주었다고 하니 그렇다면 그 생각이 내 것이 되었다고 해 두자. 잘 가라, 포세이돈의 핏줄아."

괴물의 숨이 끊어질 때까지 테세우스는 미노타우로스를 내려다보았다. 미노타우로스의 눈은 괴물의 눈이었지만 또한 사람의 눈이었다. 사람이 눈을 뜬 채로 숨을 거둔 것 같았다. 숨진 미노타우로스의 눈은 계속 테세우스를 바라보았다. 정신이 들자 테세우스는 아리아드네가 건네준 실꾸리를 찾았다. 축 늘어진 미노타우로스의 등 밑에 깔려 있었다. 주검을 들쳐 올려 실꾸리를 꺼냈다. 테세우스는 실꾸리를 잡고서 미노타우로스의 방을 빠져나왔다. 서둘러 미로를 되돌아 입구로 향했다.

미노타우로스를 만나기까지 시간이 정확히 얼마나 흘렀는지 모르지만 테세우스의 마음으로는 한 삶을 꼬박 산 것 같았다. 미로 속에서 죽음의 시간을 통과하는 동안 출생 이후 그때까지 살아온 삶을 통째로 되풀이해 산 것만 같았다. 태어나막 걷기 시작한 때부터, 아니 어른들의 말을 통해서만 들었던, 태어나기 전의 시간부터 수많은 모험을 거쳐 여기 크레타의 미궁에 들어오기까지 그 긴 세월을 하나도 빼놓지 않고 반복한 것만 같았다. 삶이란 영원히 되풀이되는 것인가. 미궁의 입구까지 되돌아 나오는 데는 시간이 많이 걸리지 않았다. 들어갈 때와 비교하면 한순간인 것 같았다. 실꾸리를 거꾸로 감으면서 테세우스는 입구를 향해 거의 뛰다시피 했다. 실을 되감아 뛰는 동안 테세우스의 머릿속에서 죽은 미노타우로스가 떠나지 않았다.

'아무리 생각해도 미노타우로스가 너무 쉽게 죽은 것 같다. 마라톤 평원의 미친 소와 싸울 때가 오히려 더 위험했던 것 같아. 너무 긴장한 탓이었을까. 엄청난 괴물이라고만 생각했는데 그보다 쉽게 죽으니 이런 생각이 드는 걸까. 미노타우로스를 만날 때까지가 끔찍하게 길긴 했지만, 정작 미노타우로스를 대하고는 오히려 공포심이 줄어들었어.

미노타우로스가 나를 죽일 생각이었으면 얼마든지 죽일 수 있지 않았을까. 그 대단한 힘으로 내 팔이든 다리든 잡아 몇 번 쳐 댔으면 봄날 아이들 손에 잡힌 개구리처럼 뻗어 버렸을 텐데. 그럴 기회도 있었어. 해골 더미에 떨어졌을 때, 웬만한 싸움꾼이면 그런 기회를 놓치지 않고 치명상을 입히지. 내가 잽싸게 피했다고는 하지만 나를 잡지 못했다는 게 이해가 안 돼. 내가 바닥에 떨어진 칼을 잡을 시간을 준 것도 그렇고 말이지. 어쩐지 일부러 나를 살려 준 것만 같아. 나를 살리면 대신 자기가 죽어야 하잖아. 내 칼이 심장을 찔렀을 때 미노타우로스가 어떤 표정을 지었는지 아직도 눈앞에 생생해. 나한테 건네던 말도 이상하지. 왜 이제야 왔느냐는 듯한 말투였어. 미노타우로스는 정말로 죽고 싶어서 나를 기다리고 있었던 걸까. 미노타우로스 말대로 우리는 한핏줄인 걸까. 미노타우로스는 자기 속에 있는 말을 할 수만 있으면 언제든 죽음을 받아들일 생각이었던 것일까…….'

마침내 테세우스는 입구의 청동 문 앞에 이르렀다. 실꾸리는 본래의 크기로 되돌아와 있었다. 테세우스는 손잡이에 맸던 실을 끊고, 육중한 문을 잡아당겼다.

"아."

문밖으로 세상이 열렸다. 지옥의 검은 입이 바로 뒤에 있었다. 새벽빛이 어둠을 조금씩 몰아내고 있었다. 아리아드네는 청동 문 옆 테세우스가 처음 들어갈 때 있던 자리에 앉아 있다가 벌떡 일어섰다. 아리아드네는 놀라서, 그러나 목소리를 죽여 소리쳤다.

"테세우스! 살아 돌아올 줄 알았어요!"

테세우스는 처음으로 이름을 불렀다.

"아리아드네!"

아리아드네는 테세우스에게 와락 달려들다가 순간 멈추었다. 테세우스의 몸은 피에 젖어 있었다. 머리털에는 핏물이 엉겨 붙고 얼굴은 온통 붉게 물들어 있었다.

"아, 테세우스……."

아리아드네는 뭐라 말을 하려다가 입을 다물었다. 테세우스는 그제야 자기 몸이 미노타우로스의 피에 젖었다는 걸 깨달았다. 테세우스는 손바닥으로 얼굴을 닦고 머리털의 피를 털어 냈다. 그러나 핏자국을 조금 훔쳐 냈을 뿐이었다.

"서둘러야겠소. 미노스 왕이 알기 전에 빨리 감옥에 있는 사람들을 데리고 바다로 가야 해요."

테세우스의 말이 급해지자 아리아드네가 속도를 맞춰 답했다.

"그래요. 아까 괴물의 울부짖는 소리가 여기까지 들렸어요. 사람들이 깨어났을지도 몰라요."

테세우스와 아리아드네는 감옥을 향해 뛰었다. 아리아드네는 미리 훔친 열쇠로 감옥 문을 열었다. 아테네의 소년 소녀들은 피에 젖은 테세우스의 얼굴을 보고 놀랐다.

"걱정할 것 없어. 미노타우로스의 피야."

테세우스의 설명에 아테네 아이들은 사태가 어떻게 된 것인지 금방 이해했다.

누군가 들뜬 소리로 말했다.

"테세우스가 괴물을 죽였어."

소년 소녀들의 얼굴빛이 환해졌다.

"우린 살았어. 이제 고향으로 돌아가는 거야."

테세우스와 아리아드네 일행은 배가 정박해 있는 항구를 향해 뛰었다. 크노소스 궁전은 항구에서 한참 떨어진 언덕에 있었다. 서둘러 뛰어도 밥을 먹는 데 드는 시간만큼 걸릴 거리였다. 궁전 사람들이 깨어난 것 같지는 않았다. 이대로 빨리 움직이면 배를 탈 수 있다. 아리아드네가 테세우스의 손을 잡고 뛰며 말했다.

"하지만 조심할 게 있어요. 이곳에는 청동으로 된 탈로스들이 지키고 있어요. 아주 큰 감시 병사들이에요. 옛날에 제우스 신이 우리 할머니 에우로페를 이곳 크레타로 데리고 온 뒤에 할머니를 안전하게 지키라고 만들어 준 것이래요. 하루 세 번 해안가를 돌면서 적선이 쳐들어오는지 감시해요. 만약 적선이 나타나면 바위를 던져 배를 부서뜨리거나 바다에 빠뜨려요. 외눈박이 거인 키클롭스처럼 아주 크고 힘이 세요. 키클롭스와 다른 건 이 병사들은 먹지도 않고 자지도 않는다는 거예요. 탈로스한테 걸리면 우린 끝장이에요. 그러니까 탈로스들한테 들키지 않도록 서둘러야 해요."

테세우스 일행이 배에 올라탈 때까지 다행히도 탈로스들은 나타나지 않았다. 테세우스의 배는 돛을 폈다. 산에서 불어오는 바람을 받으며 돛이 먼바다를 향해 가슴을 활짝 폈다. 배가 수평선을 향해 미끄러졌다. 항구를 벗어나 먼바다에 이르렀을 때에야 탈로스들은 테세우스가 탄 배를 발견했다. 거대한 청동 팔로 바위를 들어 올려 바다에 던졌지만 테세우스 일행을 태운 배에는 물방울도 튀기지 못했다.

미노스 왕은 아침에 일어나서야 모든 사실을 알았다. 처음엔 분노가 일었다. 왕은 어떻게 혼내 줄까 생각하며 방 안을 이리저리 돌아다녔다. 그러다가 조금 시간이 지나니 굳이 복수할 필요가 있을까 하는 생각이 들었고, 잠시 뒤에는 안도하는 마음이 들었다.

'사실 그 괴물이 나라의 큰 근심거리였는데, 테세우스가 없애 주었으니 나쁠 것도 없지 않은가. 나도 죽이고 싶었지만 포세이돈의 응징이 무서워 못했던 것인데, 테세우스가 대신 처리해 준 셈이지. 아테네에서 9년마다 열네 명씩 잡아들이는 것도 부담스러운 일이었는데, 이제 괴물이 없어졌으니 그럴 일도 없고 말이야. 그 황소는 내 등에 박힌 화살촉 같았어. 잊으려 해도 잊을 수 없는 상처였고 수치였어. 이제 그 기분 나쁜 기억으로부터 놓여날 수 있게 된 거야. 괴물이 사라졌으니 내 과거도 사라진 거고, 그 치욕스러운 과거에 연루된 모든 것이 다 사라진 거지.'

미노스 왕은 마음속 복수의 목록에서 테세우스를 뺐고 아테네도 잊어버렸다. 아리아드네가 테세우스를 따라 도망한 게 속상했지만, 적국과 친선을 회복하는 데 딸이 다리 구실을 한 것으로 생각하기로 했다. 그렇게 생각하니 마음이 편해졌고, 오히려 잘된 일 같았다. 사랑하는 딸을 잃어버렸다면 마음이 많이 아팠겠지만, 이상하게도 아리아드네에게는 정이 가지 않았다. 아들 안드로게오스가 비명횡사한 뒤로 절망한 나머지 다른 자식들에 대한 애정을 잃어버린 탓도 있었고, 파시파에의 불행에 마음을 빼앗긴 탓도 있었다. 아버지의 사랑이 없었기 때문에 아리아드네도 별다른 망설임 없이 테세우스에게 건너갈 수 있었다.

11

추락

그러나 미노스 왕은 어쩐 일인지 다이달로스만큼은 용서하고 싶지 않았다. 다이달로스가 미궁의 구조를 아리아드네에게 가르쳐 주었고, 테세우스가 미궁에서 빠져나올 수 있도록 실꾸리를 건넸다는 건 아무래도 그냥 지나칠 수 없었다. 자신이 베푼 오랜 호의를 저버리고 믿음을 배반한 일로 여겨졌다.

"내가 다이달로스에게 얼마나 잘해 주었는데, 나를 배신할 수 있단 말인가. 제 나라에서 도망쳐 왔을 때 받아 준 사람도 나였고, 이곳에서 자기 재능을 펼칠 수 있도록 모든 것을 아끼지 않고 대 준 사람도 나였잖은가. 미궁을 만들겠다고 했을 때도 흔쾌히 승낙해 주었고 말이지. 그 어마어마한 공사를 생각하면……. 그런데도 나를 배신해? 이 사람이 나이를 먹더니 옳고 그름도 분간 못 하게 된 건가."

미노스 왕은 남아 있는 사람 아무에게나 화풀이를 하고 싶었던 것인지도 모른다. 마침 거기에 다이달로스가 있었던 것이다. 미노스 왕은 자신의 충직한 신하이자 발명가이고 건축가였던 다이달로스를 바닷가 절벽 위의 감옥에 가두었다. 다이달로스를 감옥으로 보낸 왕은 미노타우로스를 가두었던 미궁을 영원히 폐쇄하라고 명령했다. 미궁은 죽은 미노타우로스의 거대한 무덤이 됐다.

다이달로스는 본래 아테네 사람이었다. 거기서 명장으로 이름을 날렸다. 여러 똑똑한 제자들을 받아들여 가르쳤는데, 제자들 중에는 누이의 아들인 조카 페르딕스도 있었다. 다이달로스는 능력이 출중한 장인이었고 건축과 조각과 기술 분야의 최고 전문가로 존경받았지만 승부욕과 질투심이 한번 발동하면 그만 제정신을 잃어버리고 말았다. 이 기질이 결국 문제가 됐다. 페르딕스는 발명의 재주가 뛰어나 다이달로스의 문하에 들어간 뒤 몇 년 지나지 않아 삼촌의 능력을 위협했다. 물고기 등뼈를 보고 나무 써는 톱을 처음으로 만들어 냈는가 하면, 두 개의 쇠꼬챙이를 엮어 컴퍼스를 발명했다. 컴퍼스를 사용하게 되면서 사람들은 원을 정확히 그려 낼 수 있게 되었다.

조카의 놀라운 재주에 다이달로스는 견딜 수 없는 질투심을 느꼈다. 얼마 뒤 다이달로스는 페르딕스를 아크로폴리스 언덕 절벽에서 밀어뜨려 죽였다는 죄목으로 기소돼 유죄판결을 받았다. 자유를 박탈당할 위기에 처하자 다이달로스는 바다를 건너 크레타로 도망쳤다. 미노스 왕은 다이달로스의 재능을 높이 사 이 장인을 가까이 두고 총애했다. 다이달로스는 장대하고 아름다운 크노소스 왕궁을 더 크게 키우고 화려하게 꾸몄다. 또 한번 들어갔다 하면 아무도 빠져나올 수 없는 미궁을 만들어 미노타우로스를 가두었다. 그 미궁의 완벽함은 결국 테세우스의 모험으로 금이 가고 말았지만, 다이달로스 자신이 내준 실꾸리의 도움이 없었다면 미궁 정복은 실패로 끝났을 터였다. 미궁을 만든 자가 미궁을 정복하도록 도와준 셈이었다. 그러고 보면 미궁을 만든 자도 다이달로스 자신이었고 미궁을 영원히 막아 버리도록 원인을 제공한 자 또한 다이달로스 자신이었다.

다이달로스의 재능은 미노스 왕의 후원을 받으며 찬란하게 꽃을 피웠다. 다이달로스가 아들 이카로스를 얻을 수 있었던 것도 미노스 왕이 배려해 왕궁의 시녀를 아내로 맺어 준 덕이었다. 그랬던 장인이 단 한 번 저지른 잘못으로 감옥에 갇히고 말았다. 운명의 변덕은 천상에서 창작놀이를 하던 사람을 다음 순간 지옥으로 떨어뜨려 버렸다. 다이달로스와 함께 아들 이카로스도 자유를 잃고 아버지 옆을 지키는 신세가 됐다. 그러나 다이달로스는 감옥에 갇혀 자유를 상실했다고 눈물만 흘리고 있을 사람이 아니었다.

'나는 아테네에서 자유를 빼앗기는 게 두려워 여기까지 온 사람이야. 그 길이 쉬운 길은 아니었어. 아테네에서 내가 한 짓이 자랑할 만한 일이 결코 아니라는 건 나도 잘 알고 있다. 조카를 질투했다는 건 부끄러운 일이지. 하지만 내가 아무리 비열하다고 해도 조카를 죽일 만큼 비열한 사람은 아니야. 나는 내 질투심을 털어놓는 게 창피스러워 조카를 데리고 사람들의 눈이 미치지 않는 아크로폴리스의 구석진 곳으로 갔던 것뿐이야. 거기가 벼랑 끝이었지만 내 목적은 조용한 곳에서 이야기하려는 것이었어.

나는 궁금했지. 어떻게 그 어린 나이에 그런 재주를 부릴 수 있는 건지. 그래서 솔직하게 페르딕스에게 네 재주가 탐이 난다고 말했어. 페르딕스는 벌써 머리가 커져서 거들먹거렸지. 삼촌인 나를 은근히 비웃는 듯한 표정을 짓기까지 했어. 내가 분명히 그 아이의 스승이고 그 아이는 내 공방의 도제인데 말이야. 그러면서 그 아이는 자기가 삼촌을 능가할 거라고, 아니 어쩌면 벌써 능가한 건지도 모른다고 했어. 말을 듣다 보니 건방지게 구는 꼴을 더는 참을 수 없을 지경이 되더군. 그래서 네가 어떻게 그런 말을 할 수 있느냐고, 그런 말을 하는 너 같은 놈은 용서할 수 없다고 소리를 질렀지. 그러고는 멱살을 잡아 혼내 주어야겠다고 생각하고 달려들었지. 그때 페르딕스가 뒤로 확 물러섰는데, 마침 비가 그친 직후여서 돌이 미끄러웠어. 그 돌에 발을 헛디딘 거야. 뒤로 넘어지면서

그대로 절벽 아래로 떨어져 버렸지. 내가 죽인 건 아니야.'

다이달로스는 그때 일을 그동안 머릿속으로 여러 번 되살려 보았고, 감옥 안에서도 몇 번을 더 떠올렸다.

'나는 옴짝달싹도 못하고 살인죄를 뒤집어썼지. 조카를 죽였다는 손가락질은 견디기 힘들었어. 그렇지만 아무리 다시 생각해 봐도 내가 조카에게 질투는 느꼈지만, 죽일 생각이라곤 손톱만큼도 없었어. 다만 나는 그 모든 상황이 견딜 수 없게 싫었어. 내 조국, 내 고향을 어느 누구보다 사랑했지만, 떠날 수밖에 없었지. 자유를 잃어버리면 조국도, 고향도 아무 의미가 없잖아. 여기 이곳 크레타까지 온 것은 자유 때문이었어. 그리고 장인으로서 내 꿈을 마지막까지 다 펼쳐 보고 싶었어. 조카를 질투했던 나는 조카에게 부끄럽지 않은 사람이 되고 싶었어. 그러고 보면 창피스러운 기억이 지금의 나를 만들었다고 할 수도 있을 것 같아. 지하에 라비린토스를 만든 건, 어찌 보면 무모한 도전이었고, 불가능에 가까운 모험이었어. 꿈 속에서 페르딕스가 두 손으로 벼랑 끝을 붙잡고 살려 달라고 계속 외치지 않았다면, 페르딕스가 내 등 뒤에서 계속 비웃지 않았더라면, 이런 도전은 시작도 못 했을지 몰라. 아니, 도전을 했다 하더라도 이보다 훨씬 작은 규모로 이뤄 내고 만족했겠지. 부끄러움도 힘이 된다는 말이 맞아.'

다이달로스는 턱을 괴고서 한참을 생각하고 여러 번 고개를 끄덕였다.

'부끄러우니까, 부끄러워서 견딜 수 없으니까 여기까지 온 거야. 저 미궁을 생각하면 나는 마음속 깊이 만족감을 느껴. 저런 대사업은, 저렇게 복잡하고도 난해한 건축물은 다시 나오기 힘들 거야. 나는 미노스 왕에게 내 능력을 다해 봉사했지. 물론 그것은 나를 증명하고 나를 세상에 알리는 일이기도 했지만, 어쨌거나 미노스 왕은 나로 인해 불후의 업적을 남기게 된 거야. 미궁을 폐쇄한다 해도 그 업적은 사라지지 않아. 후세 사람들은 내 이름과 함께 미노스 왕의 이름을 기억하겠지. 그런데 그런 나에게 이 감옥의 창살을 마지막 선물로 주었단 말이지.'

여기에 생각이 미치자 다이달로스는 자기도 모르게 어금니에 힘이 들어갔다.

'내가 이 창살을 그냥 견딜 거라고 생각하는 건가. 나는 대양을 건너 크레타까지 온 사람이야. 필요하다면 목숨을 걸 수도 있어. 이까짓 창살이 나를 가둘 수 있을 것 같아? 이대로 내 삶을 버릴 수는 없지. 그리고 여기 내 아들, 하나뿐인 내 아들이 있잖아. 이제 막 사춘기에 접어들었는데, 가진 건 반항심뿐이고, 제힘으로 무엇 하나 헤쳐 나가지 못하는 애야. 저 아이를 다 키워 세상을 스스로 헤쳐 나갈 수 있게 돕는 것도 내가 해야 할 일이지. 나는 아직 더 살아야 할 이유가 있단 말이야. 미궁을 만들면서 나는 새로운 세계를 보았어. 이 지상 세계 너머에 있는, 보이지 않는 세계를 보았어. 나는 눈이 높아졌고, 시야가 달라졌어. 나는 새로운 눈으로 이제껏 아무도 보지 못한 새로운 작품을 만들어 사람들에게 보여 줄 거야. 여기 이대로 있을 이유가 없다고.'

다이달로스는 아들을 내려다보았다. 이카로스가 아버지를 보며 물었다.

"아버지, 여기서 나갈 방법이 있을까요? 미노스 왕께 잘못했다고 빌고 다시 풀어 달라고 하면 안 될까요?"

다이달로스는 고개를 저었다.

"왕은 화가 많이 나 있어서 부탁을 들어주지 않을 거다. 또 왕은 한번 결정하면 웬만해선 바꾸는 법이 없어. 나도 풀어 달라고 빌고 싶은 마음은 없다."

이카로스의 표정이 어두워졌다.

"그렇다면 여기서 계속 이렇게 갇혀 있어야 하는 건가요? 우리는 언제까지 이렇게 있어야 하나요?"

다이달로스는 혼잣말처럼 아들에게 말했다.

"왕이 육지와 바다를 봉쇄할 수 있을지는 몰라도 하늘은 막을 수 없지. 왕이 모든 것을 다 가졌어도 하늘의 공기까지 가질 수는 없다. 우린 그 길로 갈 것이다."

감옥 안에서도 다이달로스의 재능은 조금도 시들지 않았다. 다이달로스는 발명가의 재주로 자연의 법칙에 도전했다. 모든 무거운 것은 땅으로 떨어지며, 새가 아닌 인간은 하늘을 날지 못한다는 그 법칙에 덤벼들었다. 다이달로스를 가둔 감옥은 파도가 으르렁거리는 높은 절벽 위에 세워져 있었다. 아무리 간이 큰 사람도 절벽 아래로 몸을 던져 도망할 수는 없었다. 그러나 감옥의 하늘은 훤히 열려 있었다. 공중으로 도망한다는 것은 불가능한 일이므로 아무도 신경 쓰지 않았다. 하늘은 새들의 세계였다. 새들은 감옥이라고 해서 돌아가지 않았다. 새들의 날갯짓이 거칠어질 때마다 하늘에서는 낙엽처럼 깃털들이 떨어져 내렸다. 큰 깃털, 작은 깃털, 그리고 보송보송한 솜털까지 온갖 깃털들이 떨어졌다. 감옥 안의 다이달로스는 깃털들을 모았다. 이카로스에게도 깃털을 모을 수 있는 한 모아들이라고 시켰다. 아버지와 아들은 가을걷이 후 이삭줍기하듯 날개를 주워 모았다. 아침부터 저녁까지 이카로스는 아버지를 따라 마치 깃털 잡기 놀이라도 하는 양 깃털을 모아 커다란 상자에 차곡차곡 담았다.

"이만하면 충분히 됐다."

깃털이 종류별로 상자를 채우자 다이달로스는 머릿속에 그린 구상대로 깃털을 모아 붙이기 시작했다. 작은 것에서부터 시작해 점점 큰 것을 붙여 나갔다. 제법 새 날개 모양이 나왔다. 숲 속의 판 신이 부는 팬파이프처럼 날개는 뒷부분으로 갈수록 커졌다. 다이달로스는 날개의 가운데 부분은 튼튼한 실로 엮고 아랫부분은 밀랍을 녹여 단단하게 이어 붙였다. 날개를 안쪽으로 약간 구부리자 아주 커다란 새 날개가 제 모습을 드러냈다. 다이달로스는 다른 쪽 날개도 똑같은 방법으로 만든 뒤 두 개의 날개를 서로 맞대 하나로 이었다. 하늘 높은 곳에서 비행하고 활강하는 독수리의 날개와 같은 한 쌍의 큰 날개가 양쪽으로 활짝 펴진 모양으로 완성되었다.

"이제까지 세상에 이런 발명품은 없었다. 우리끼리 봐야 하는 게 안타깝구나."

장인은 아들에게 짐짓 자랑스럽게 말했다.

"아버지, 이건 정말 대단한 발명이에요."

이카로스가 환호했다. 다이달로스는 아들의 어깨에 맞는 한 쌍의 날개를 마저 만들었다. 완성된 날개는 살아 있는 매의 날개처럼 크고 아름다웠다.

"이제 이 날개를 달고 자유를 향해 날아오르는 일만 남았다."

다이달로스는 자유라는 말에 힘을 주었다.

"그래요. 자유예요, 아버지."

아들이 아버지의 말을 그대로 받았다. 이 순간 다이달로스야말로 이카로스의 영웅이었다.

이튿날 아침 산에서 내려오는 바람이 부드러우면서도 시원하게 저 먼바다를 향해 불 때 장인은 가방을 메어 주듯 아들의 등에 날개를 달아 주었다. 이어 자신의 등에도 커다란 날개를 달아 맸다. 벌써 여러 번 알려 주었지만 다이달로스는 아들에게 다시 한 번 나는 법을 설명했다.

"날개를 저을 때는 날개 가운데에 있는 손잡이를 잡고 두 날개를 위아래로 움직여야 한다. 새가 날개를 퍼덕일 때처럼 말이다. 날개 앞쪽을 올리면 위로 올라가고 내리면 아래로 내려간다. 오른쪽으로 틀 때는 오른쪽 날개를 숙이고 반대쪽 날개를 높여라. 또 왼쪽으로 돌 때는 왼쪽 날개를 낮추고 오른쪽 날개를 들어야 한다. 그러면 몸이 자연스럽게 원하는 방향으로 돌게 된다. 알겠지?"

아버지가 다짐하듯 말했다.

"네, 아버지, 확실히 익혔으니까 걱정 마세요."

아들이 씩씩하게 대답하자 다이달로스는 눈을 매섭게 뜨고 아들에게 엄숙히 당부했다.

"이카로스, 이걸 명심해라. 하늘을 날 때 너무 높이 날지도 말고 너무 낮게 날지도 말아라. 너무 낮게 날면 바닷물의 습기에 젖어 날개가 무거워진다. 그러면 팔이 지쳐 날개를 저을 수 없게 된다. 너무 높이 나는 건 더 위험하다. 높이 날아오르면 태양의 열기에 밀랍이 녹아 떨어지게 돼. 그러면 날개도 목숨도 모두 잃어버리게 된다. 그러니 꼭 태양과 바다 사이 중간 지대를 날아야 한다. 절대로 잊어선 안 돼. 하늘과 바다 사이 중간을 날아야 멀리 갈 수 있다."

"네, 아버지, 잊지 않을게요."

이카로스는 말 잘 듣는 아이처럼 대답했지만 아버지는 어쩐지 마음이 놓이지 않았다.

다이달로스와 이카로스는 감옥의 탑 위에 올라 양팔을 펴고 몸을 허공으로 던졌다. 날개가 바람을 타자 아버지와 아들은 하늘로 붕 떠올랐다. 두 사람의 눈 아래로 감옥탑이 금세 작아지더니 크노소스 궁전이 저 아래로 멀어졌다. 이어 크레타 섬의 해안과 산이 한눈에 들어오더니 얼마 지나지 않아 아득히 시야에서 사라졌다.

이카로스는 처음에는 중심을 잡기가 쉽지 않아 양팔과 두 손에 힘을 잔뜩 주었다. 바람이 날개에 힘을 실어 고도를 높이자 어지러움이 일기도 했다.

"아버지! 너무 높이 올라왔나 봐요. 이러다가 떨어지면 어떡해요?"

이카로스가 조금 앞에서 날아가는 다이달로스에게 외쳤다.

"새가 날갯짓을 하듯 부드럽게 양팔에 힘을 주어라. 너무 높이 올라가지 않도록 여유 있게 천천히 저어라. 한쪽으로 너무 기울면 고꾸라지는 수가 있으니 균형을 잡아야 해."

다이달로스는 이카로스를 돌아보며 걱정스럽게 또 설명했다. 그래도 이카로스의 불안이 가시지 않았다.

"이렇게 높이 올라오니 어지럽고 무서워요."

"걱정할 것 없다. 조금만 더 익숙해지면 괜찮아질 거야. 밑을 내려다보지 말고 앞만 보고 날아가라. 그러다 보면 편안해질 거다."

아버지의 말이 조금 위안이 되긴 했지만, 이카로스는 태어나 처음 올라와 보는 아찔한 높이에 현기증을 느꼈다. 그러나 아무리 놀라운 일도 마침내 익숙해지듯 한두 시간 바람을 타고 지중해 하늘을 날다 보니 경험 없는 이카로스에게도 모든 것이 자연스러워졌다. 마치 날 때부터 몸에 날개를 달고 있었던 것처럼 여겨졌고 어느새 하늘이 길이고 집인 것처럼 느껴졌다. 자신감이 점점 커져 가슴이 부풀어 올랐다. 두려움과 어지러움은 아침 안개처럼 사라져 버렸다. 이카로스는 심지어 휘파람 소리까지 냈다. 다이달로스의 아들은 자신 있게 양팔을 저어 점점 더 높이 날아올랐다. 하늘 꼭대기를 날고 있으니 자신이 특별한 존재가 된 것만 같았다.

'저 아래 사람들은 나를 보고 뭐라고 생각할까. 배를 탄 선원들이나 섬에서 양을 치는 목동들이 날아가는 나를 보면 신이 눈앞에 나타난 걸로 생각하겠지. 그래, 내가 마치 신이 된 것 같아. 이게 바로 아버지가 말한 자유야. 나는 자유라고! 아무도 나를 잡을 수 없고, 나를 지배할 수 없고, 나에게 명령할 수 없어. 신이 된다는 게 이런 기분이겠지. 저 지상의 영웅들도 나처럼 자유롭지는 못해. 나는 땅 위에 붙어사는 사람들을 벌레처럼 내려다보고 있어.'

그런 생각을 하다가 점점 더 흥분한 이카로스는 말소리가 들리지도 않는 아래 세상을 향해 크게 소리를 질렀다.

"땅바닥에 붙어사는 인간들아, 내가 보이냐? 나는 이카로스다. 신처럼 자유로운 영혼이지. 겨우 꿀벌처럼 붕붕거리며 일에 찌들어 사는 사람들아, 내겐 그런 하찮은 것들은 아무것도 필요하지 않아. 나는 이제 마음만 먹으면 어디든 날아갈 수 있으니까. 아시아의 끝까지도 갈 수 있고 홍해 너머 이집트도 에티오피아도 갈 수 있어. 이아손이 아르고호를 타고 벌벌 떨면서 겨우 도달했던 흑해까지 나는 이 날개 한 쌍으로 얼마든지 날아갈 수 있어. 나는 자유야. 이아손보다 더 대단하다고!"

이카로스는 '자유'를 소리 높여 외쳤지만, 자유가 진정으로 무엇을 뜻하는지 알기에는 아직 때가 일렀다. 감옥 창살이 없는 것만이 자유인 것은 아니라는 걸 소년은 알지 못했다. 속박이 없는 것, 제약이 없는 것, 간섭이 없는 것만이 자유인 것은 아니라는 걸 다이달로스의 아들은 알지 못했다. 속박과 제약과 간섭과 창살이 없는 것만이 자유라면 하늘을 나는 철새들이 가장 자유롭고 바닷속의 멸치 떼가 가장 자유로울 것이다. 이카로스는 진짜 자유는 오히려 한계 안에, 제약 안에 있다는 것을 알지 못했고, 절도가 자유의 조건이라는 것을 알지 못했다. 도시의 규범이 틀을 지어 주므로 시민들이 자유를 누릴 수 있고, 법률과 규칙의 제약이 있으므로 사람들이 서로 충돌하지 않을 수 있다는 것을 이카로스는 아직 알지 못했다. 자기 자신을 다스리는 내면의 규율이 있기 때문에 사람은 어디서든 자기 자신으로 존재할 수 있다는 것을 알지 못했다.

이카로스는 내가 나를 이기고 다스리는 것이 자유의 핵심임을 알지 못한 채 날개를 치며 하늘 높은 곳을 올려다보았다. 자율의 힘이 클수록 자유의 날개도 커진다는 것을 배우지 못한 채 땅의 중력을 비웃기만 했다. 중력이라는 끌어 내리는 힘이 없다면 모든 것이 흩어져 버린다는 것을 이카로스는 알수 없었다. 먼지나 깃털만 흩어져 버리는 것이 아니라 돌도, 나무도, 대양의 물도, 물고기도, 거대한 고래도 모두 허공으로 흩어져 버린다는 걸, 그러므로 중력이 우리를 우리 자신으로 있게 한다는 걸 다이달로스의 아들은 알지 못했다. 세상 물정 모르는 이 소년에게는 중력의 속박이 바로 자유의 조건이라는 그 역설을 이해하게 해 줄 삶의 체험이 없었다.

나를 가두는 마음의 울타리를 내 안에 지니지 못한다면, 나는 바깥세상의 진짜 울타리에 갇히고 말 것이다. 그러니 갇히지 않으려면 먼저 가둘 줄 알아야 한다. 가두어야 풀려난다. 자유가 무엇인지 알려면 삶의 사전에서 '구속'이라는 항목을 읽어야 한다. 가벼워지려면 무거움을 감당해야 한다. 그러므로 세상사의 비밀을 여는 열쇠는 자유와 구속, 가벼움과 무거움의 일치라는 역설에 있다. 다이달로스의 아들은 아직 그 역설의 의미를 알지 못했다.

이카로스는 아버지의 당부를 잊어버리고 점점 더 대담하게 날개를 쳤다. 몸이 하늘로 하늘로 솟아올랐다.

"이카로스, 그만 내려와!"

이카로스가 너무 높이 올라갔다는 걸 뒤늦게 안 아버지가 저 아래서 소리쳤다. 하지만 이카로스는 그 소리가 들리지 않을 정도로 다이달로스한테서 멀어졌다. 이카로스는 하늘 끝까지 가 보겠다는 듯 날개를 치고 또 쳤다. 그렇게 날아오르다 보니 머리가 후끈거렸다. 이카로스는 눈을 들어 올렸다. 태양이 마치 코앞에 있는 듯 벌겋게 단 입으로 붉은 화염을 토해냈다. 이카로스의 날개는 태양의 열기를 이겨 내지 못했다. 불기운에서 쏟아지는 날카로운 햇살이 날개에 내리꽂혔고 밀랍이 뜨거운 햇살을 맞고 녹아내렸다. 큰 깃털들이 떨어져 나가고 이어 작은 깃털들이 흩어지기 시작했다. 날개를 잃어버린 이카로스는 팔을 휘저었지만 몇 개 안 남은 깃털로는 바람을 받을 수 없었다.

이카로스의 몸뚱이는 수직으로 떨어져 내렸고 사모스 섬 옆 바닷물에 처박혔다. 흩어진 날개들이 주인을 쫓아 건들건들 바닷물 위로 떨어져 해초처럼 떠다녔다. 이카로스는 땅 위의 사람들보다 더 낮은 곳으로 꺼졌고, 이 소년이 자유라고 생각했던 것은 물거품이 되어 흩어졌다. 이카로스의 자유는 애초에 날개의 자유였지 이카로스 자신의 자유는 아니었다. 날개가 준 자유는 날개를 잃자마자 사라져 버렸다. 날개 없이도 자유로워야만 진정한 자유라고 할 수 있다는 걸 이카로스를 삼킨 바다가 소리 없이 이야기해 주었다.

다이달로스는 자기의 재주 때문에 아들이 죽었다며 통곡했다. 아버지는 아들의 주검을 건져 아들이 떨어진 바다 옆 섬에 묻었다. 히브리스(hybris), 곧 오만 뒤에는 언제나 네메시스(nemesis), 곧 복수가 있었다. 오만은 그렇게 '자연의 법칙'

처럼 복수를 불렀다. 아들을 잃어버린 다이달로스는 울면서
시칠리아 섬으로 날아갔다.

12

작별

다이달로스와 이카로스가 창공의 자유를 꿈꾸고 있을 때 테세우스와 아리아드네를 태운 배는 바다를 가로질렀다. 그러나 중간에 바람의 방향이 바뀌었고 폭풍이 일었다. 바다가 테세우스 일행의 빠른 귀향을 허락하지 않았다. 테세우스의 배는 비바람 속에서 바다 위를 떠돌다가 항로를 멀찍이 벗어나 동쪽으로 밀렸다. 폭풍우가 며칠 동안 쉬지 않고 바다를 흔들었다. 테세우스의 배는 낙엽처럼 흔들렸다.

어느 아침에 눈을 뜬 테세우스는 비바람이 멈추고 풍랑이 가라앉은 것을 알았다. 하늘이 개어 환하게 열렸다. 폭풍 속에서 오랫동안 시달린 데다 물과 식량도 떨어졌기 때문에 테세우스 일행은 가장 가까이 보이는 낙소스 섬으로 가 닻을 내렸다. 아리아드네는 배에서 폭풍우에 시달린 탓인지, 아니면 자기 나라를 떠나 먼 곳으로 간다는 것이 걱정됐는지 기운이 떨어져 누워 버렸다. 테세우스가 옆에 있으면 아리아드네는 표정에 연한 웃음을 띠어 보였다. 테세우스는 아리아드네를 배에서 데리고 나와 바람이 시원한 해변의 그늘에서 쉬게 두고 물과 식량을 찾아 떠났다. 아리아드네는 그늘에서 쉬다가 잠이 들었다.

테세우스 일행이 돌아왔을 때 아리아드네는 사라지고 없었다. 어디로 갔는지 짐작할 만한 실마리도 보이지 않았다.

"아리아드네! 아리아드네!"

테세우스와 일행은 목이 쉬도록 아리아드네의 이름을 부르며 낙소스 섬을 뒤지고 또 뒤졌다. 숲을 건너고 산을 오르고 바위를 들춰 보기까지 했다. 그러나 아리아드네는 흔적도 찾을 수 없었다.

"아리아드네, 어디 있는 거요!"

테세우스는 밤이 늦어서야 배로 돌아왔다. 녹초가 된 테세우스는 깜빡 잠이 들었다. 꿈속에서 포도주의 신 디오니소스가 나타나 테세우스에게 말을 걸었다.

"이곳은 내 땅이다. 나는 너에게 물과 식량을 주고 대신에 아리아드네를 데려가 아내로 삼기로 했다. 아리아드네를 더는 찾지 마라. 이것은 나 디오니소스의 명령이다."

"무슨 말입니까. 아무리 신이라지만 너무하는 것 아닙니까. 저는 아리아드네 없이는 이 섬을 떠날 수 없습니다."

"오래전 나는 크레타의 바닷가에서 아리아드네를 처음 본 이후로 줄곧 아리아드네가 내게 올 날을 기다려 왔다. 오늘 마침 아리아드네가 내 섬으로 왔으니 내 뜻이 이루어진 셈이다. 너한텐 미안한 일이지만 아리아드네는 내 곁에 있어야 한다. 아리아드네는 처음부터 내 아내가 되어야 할 사람이었다."

"그렇지만 아리아드네가 사랑을 고백한 사람은 저 테세우스입니다. 아리아드네는 저를 위해서 위험을 무릅쓰고 미노타우로스를 처치하도록 도왔습니다. 아버지 미노스 왕에게 버림받을 수도 있었지만 저를 사랑해서 그런 일을 한 겁니다. 어떻게 그런 사람을 버릴 수 있단 말입니까?"

"인간은 신에게 대항할 수 없다. 네가 뭐라 하건 일은 벌써 결정됐다. 그리고 더 중요한 걸 알려 주마. 네가 큰일을 이룰 수 있도록 도왔으니, 아리아드네가 할 일은 끝났다. 때가 되면 조력자는 제자리로 돌아가야 한다. 아리아드네가 있어야 할 곳은 테세우스의 땅이 아니라 디오니소스의 섬이다."

"아리아드네가 없는 삶은 무의미합니다. 사랑보다 더 소중한 것이 어디 있겠습니까? 위업도 승리도 다 부질없는 일입니다. 아리아드네를 잃고 무얼 더 얻은들 그게 무슨 의미가 있겠습니까? 사랑이 없다면 인생은 허무뿐입니다."

"너는 너를 속이고 있다. 눈을 뜨고 진실을 보아라. 네게는 사랑보다 더 소중한 것이 있다. 너는 왕이 되기를 원하고 온 세상 사람들의 환호를 받는 자리를 원한다. 네 안의 꿈은 사랑보다 더 크고 더 강하다. 너는 사랑에 만족하며 살 사람이 아니다."

"저를 가장 잘 아는 사람은 접니다. 저를 기껏 명예나 탐하는 사람으로 보시는 겁니까? 제가 미노타우로스와 싸운 게 제명예 때문이었겠습니까? 저는 그런 사람이 아닙니다."

디오니소스는 테세우스를 노려보았다.

"다시 말하지만, 아리아드네의 짝은 너 테세우스가 아니라 나 디오니소스다. 네가 나를 아직 잘 모르는 것 같으니, 내 과거에 대해 잠시 이야기해 주겠다. 사실 내가 동쪽 먼 나라에서 온 지 얼마 되지 않았기 때문에 이곳에 잘 알려져 있지 않다. 네가 나를 모르더라도 그리 서운한 일은 아니다. 내 모습이 너한테 어떻게 보일지 모르겠지만, 나는 올림포스의 제왕 제우스의 아들이다. 내 탄생의 이력은 좀 복잡하다. 내 어머니는 두 사람이다. 대지와 곡식의 여신 데메테르의 딸 페르세포네가 한 분이고 또 테베의 왕 카드모스와 아내 하르모니아의 딸 세멜레가 다른 한 분이다."

디오니소스는 출생의 비밀을 테세우스에게 이야기해 주었다. 제우스가 뱀 모습으로 둔갑해 페르세포네에게 다가가 함께 지낸 뒤 페르세포네는 임신했고, 후에 아들을 낳았다. 제우스의 부인 헤라가 이 사실을 알고는 질투심이 발동했다. 헤라는 거인족 티탄들을 사주해 페르세포네에게서 태어난 아이를 죽이도록 했다. 티탄들은 어린아이를 여덟 조각으로 갈기갈기 찢어 삼켜 버렸다. 발딱발딱 뛰는 작은 심장만 살아남았다. 제우스는 그 심장이 박동을 멈추기 전에 얼른 삼켰다. 제우스는 카드모스의 딸 세멜레를 만나자 그 심장을 꺼내 세멜레의 배 속에 집어넣었다. 그러자 세멜레의 배가 불러 왔는데, 이 사실을 안 헤라가 늙은 유모의 모습으로 변장하고 세멜레를 찾아 갔다. 제우스가 남자의 모습으로 밤에 세멜레의 침실을 찾는다는 걸 알아낸 헤라는 아무것도 모르는 세멜레를 그럴듯한 말로 꼬드겼다.

"그 남자가 오거든 헤라와 결혼할 때의 모습 그대로 나타나 달라고 해 봐. 제우스 신이 틀림없다면 결혼식 때의 그 멋진 모습을 감출 이유가 없겠지. 혹시 도망갈지도 모르니까 무슨 일이 있어도 지킨다는 약속을 미리 꼭 받아 두어야 해."

그래서 세멜레는 어느 날 밤 제우스가 남자의 모습을 하고서 나타나자 이 남자에게 반드시 지키겠다는 약속을 받아 둔 뒤, 결혼식 때의 모습 그대로 나타나 달라고 요구했다. 제우스는 그것만은 안 된다고 했지만 세멜레는 약속을 했으니 지키라고 소리 질렀다. 제우스는 어쩔 수 없이 결혼식 때의 모습으로, 그러니까 번개의 모습으로 나타났고, 세멜레의 몸은 그 자리에서 새카맣게 타 버렸다. 제우스는 타고 남은 세멜레의 배 속에서 태아를 꺼냈다. 태아는 다행히 숨이 붙어 있었다. 제우스는 자기 넓적다리를 열어 거기에 태아를 넣고 키웠다. 달이 차자 아기가 넓적다리에서 태어났는데 그 아기가 커서 디오니소스가 됐다. 디오니소스는 그렇게 태어나기도 전에 갈기 갈기 찢기는 고통을 당했고 불에 타 죽을 위기를 기적같이 넘 겼다.

"그래서 내 어머니는 두 분이다. 제우스는 헤라를 피해 어린 나를 그리스에서 멀리 떨어진 동쪽 나라 너머 니사의 님프들에게 맡겼다. 나는 니사에서 자라면서 포도나무를 키우는 법과 포도주 만드는 법을 배웠다. 그렇게 먼 데서 자랐지만 헤라의 저주를 피하지 못했다. 어느 날 헤라가 그곳까지 와서 나를 찾아낸 뒤 광인으로 만들었다. 나의 광기를 제우스의 어머니 레아가 고쳐 주어서 다행히 제정신을 되찾을 수 있었다. 하지만 포도주를 마시면 사라졌던 광기가 되살아난다. 나는 페르세포네의 몸에서 생겨났기 때문에 겨울에 죽었다가 봄에 소생하는 식물의 생명력을 내 안에 지니고 있다. 페르세포네가 일 년의 반을 지하 세계의 하데스에게 가서 지내다가 다른 반년은 지상에 올라와 머무르는 것처럼 말이다. 내 안에는 페르세포네의 생명력이 있고 헤라가 심어 준 광기가 있고 포도주가 주는 도취의 흥분이 있다. 그러니 나와 함께한다면 누구든 일평생 이 따분한 세상의 쳇바퀴 같은 일상을 잊고 희열 속에서 살게 된다. 아리아드네는 나와 함께 그렇게 살게 될 것이다. 그러니 이제 아리아드네를 잊어라."

디오니소스의 목소리가 다시 단호해졌다. 테세우스는 그래도 이대로는 포기할 수 없었다.

"당신의 출생이 아무리 비밀로 가득 차 있다고 해도 그것이 지금 이 사태와 무슨 상관이 있다는 겁니까? 아리아드네를 데려가는 것은 강탈입니다. 아리아드네의 뜻과는 무관한 일 아닙니까?"

"나는 광기의 신이다. 내 말을 더 안 들으면 이 배의 사람들을 모두 술에 취하게 해 배를 뒤집어 버리겠다. 그러면 아리아드네고 아테네의 왕이고 모두 물거품이 된다. 그래도 좋은가? 너를 잃어버리고 왕위를 잃어버려도 좋다면 그렇게 해 주겠다."

디오니소스는 못을 박듯 경고의 말을 쏟아 냈다. 다른 수가 없는 것이 확실했다. 테세우스는 마지막으로 디오니소스에게 말했다.

"아리아드네를 보고 싶습니다. 아리아드네와 한순간만이라도 눈을 맞대고 이야기하고 싶습니다. 어차피 당신이 영원히 데려갈 거잖습니까. 마지막으로 아리아드네의 손을 잡을 수 있도록 해 주십시오."

테세우스의 애절한 부탁에 디오니소스가 한발 물러섰다.

"네가 그토록 간절하게 원하니 아주 잠깐 동안 아리아드네를 빌려주겠다. 길게 이야기할 시간이 없으니 작별 인사나 해라."

디오니소스의 말이 끝나자 아리아드네가 테세우스 앞에 나타났다. 꿈속이었지만 조금도 꿈속 같지 않게 생생했다.

"테세우스!"

아리아드네가 부르자 테세우스가 손을 뻗었다.

"아리아드네! 어떻게 이런 일이 있을 수 있소? 당신이 했던 그 약속들은 다 어떻게 된 거요? 나와 함께 아테네로 가 평생을 함께 살자고 하지 않았소? 나는 당신 없인 살 수 없고, 여기를 떠날 수도 없소."

"테세우스! 당신은 떠나야 해요. 디오니소스 신이 말했잖아요. 당신에게는 더 소중한 것이 있어요. 내가 할 일은 이제 다 끝났어요. 당신이 미궁의 모험을 완수하도록 돕는 게 내 일이었어요. 당신이 미궁의 일을 다 겪었으니 나는 이제 내가 있어야 할 자리로 돌아가야 해요. 나는 디오니소스와 함께 이 낙소스 섬에 머물 거예요. 하지만 당신을 잊지는 않겠어요. 슬퍼할 것 없어요, 테세우스. 앞으로 당신은 다른 많은 아리아드네를 만날 거예요."

테세우스는 평소의 강한 남자답지 않게 투정 부리는 아이의 표정이 되어 말했다.

"아니, 다른 아리아드네는 필요 없소. 당신만이 나의 아리아드네, 나의 아내요."

아리아드네의 말에서는 감정의 흔들림이 느껴지지 않았다.

"나를 잊으세요. 왜냐하면 여기서 나는 더 행복하게 살 수 있으니까요. 디오니소스는 다른 신들과 달라요. 죽음의 고비를 여러 번 겪었고, 헤라 여신의 괴롭힘 때문에 세상 곳곳을 돌아다니면서 온갖 고생을 했어요. 디오니소스는 신이지만 인간보다 더 인간적이고, 인간보다 더 깊이 사랑할 줄 알아요. 나는 디오니소스와 여기 있겠어요. 여기서 도취의 세계를 다스리고 도취 속에서 살 거예요. 도취는 삶의 진실들을 보게 해 줘요. 재미있고 유익한 삶이에요. 당신은 나를 잊어야 해요."

아리아드네는 이 말을 남기고 사라졌다. 사라지는 아리아드네를 향해 테세우스는 뭐라고 몇 마디 더 외쳤지만 시끄러운 소리에 묻혀 테세우스 자신의 귀에도 들리지 않았다. 눈을 떠 보니 시끌벅적한 소리는 해변의 파도가 내는 소리였다. 파도는 새벽안개에 싸인 낙소스 섬의 바위를 때렸다. 안개는 마치 아리아드네를 감춘 디오니소스의 숨결 같았다. 낙소스 섬을 바라보며 테세우스는 사라져 버린 연인의 이름을 여러 번 불렀다.

"아리아드네! 아리아드네! 아리아드네!"

테세우스의 목소리는 파도 소리에 묻혀 스러졌다. 테세우스를 태운 배는 다시 바다로 나갔다. 테세우스는 뒤돌아보지 않았다. 깊은 슬픔에 빠져 한동안 아무 말도 하지 않았다. 승리의 기쁨, 귀향의 기쁨은 모두 파도가 만들어 낸 거품처럼 사라져 버린 듯했다. 아리아드네를 잃은 슬픔에 넋이 나간 테세우스는 아버지 아이게우스 왕에게 한 약속을 까맣게 잊어버렸다. 괴물을 죽이고 무사히 돌아오면 검은 돛을 내리고 흰 돛을 달겠다는 약속이었다.

테세우스의 망각은 아테네에 다시 슬픔을 불러왔다. 아이게
우스 왕은 테세우스의 배가 언제 돌아오나 손가락을 꼽아 가
며 목이 빠지도록 기다렸다. 때가 되어도 배는 오지 않았다.
어느 날은 아크로폴리스 언덕에 올라가 먼바다 쪽을 보다가
다른 날은 바닷가 절벽까지 가서 테세우스의 배를 기다렸다.
왕은 아들이 살아 돌아와 주기만을 빌었다.

'내 아들이 어떤 아들인데……. 그 무시무시한 산적과 괴물
을 다 물리쳤는데, 미궁의 괴물 하나 못 잡겠어? 씩씩하게 살
아서 돌아올 것이다.'

그렇게 생각했다가도 하늘이 흐린 날이면 생각이 확 바뀌
었다.

'아니야. 미노타우로스가 얼마나 센 놈인데, 미노타우로스
를 누가 이길 수 있겠나. 내 아들은 괴물한테 잡아먹혔을 거
야. 살아 돌아올 방법이 없어.'

그러다가 또 어떤 날은 바다의 파도에 휩쓸렸을까, 해적 떼
를 만나진 않았을까 걱정하다가 또 그런 난관들을 다 뚫고 돌
아올 것이라는 믿음을 주문처럼 외우면서 기다렸다. 기다림이
눈물이 되었다. 바다를 보면 왕은 자기도 모르게 눈가에 눈물
이 맺히고 한숨이 나왔다. 얼마나 기다렸을까. 어느 날 아이게
우스 왕이 해안 절벽에 서서 먼바다를 보고 있는데 배 한 척
이 수평선 너머로 머리를 내밀었다. 틀림없이 테세우스를 태

우고 떠났던 그 배였다. 그러나 테세우스의 배는 흰 돛이 아니라 아테네를 떠날 때처럼 검은 돛을 달고 있었다.

'내 아들이 죽었구나. 결국 괴물한테 잡아먹혔구나.'

희망을 잃은 왕은 절벽 끝으로 발을 내밀었다.

"늘그막에 돌아온 자식이 내겐 얼마나 큰 기쁨이었던가. 내 아들을 나는 나 자신보다 더 사랑했다. 내 몸뚱이보다 더 귀한 자식을 내 잘못으로 죽음의 구렁텅이에 빠뜨려 버렸다. 가장 소중한 것을 잃어버린 삶이 무슨 가치가 있는가. 5년 동안 땅속에 묻혀 있다가 밖으로 나온 매미는 겨우 일주일 노래 부르다 죽는다. 땅속의 5년은 일주일 노래 때문에 값진 것이다. 그런데 그 매미가 울지도 못하고 날개를 펴기도 전에 떨어져 죽어 버렸다면, 삶이 껍데기와 다를 게 뭔가. 나는 지금 매미가 땅속에서 나온 뒤 벗어 놓은 허물과 다름없다. 이 껍질이 바람에 날리든, 사람들 발에 밟혀 부서지든, 여름날 소나기에 짓이겨지든 무슨 차이가 있겠는가. 나는 내 삶을 다 살았다. 이 몸뚱이를 버려야 할 때가 왔다. 다만 내 아들이 나보다 먼저 죽은 것이 한없이, 끝없이 슬플 뿐이다. 이 슬픔을 달랠 길이 없구나. 아들아!"

늙은 아이게우스 왕은 아들을 한 번 부르고 파도가 일렁이는 벼랑 아래로 몸을 던졌다. 파도가 높이 솟더니 아이게우스 왕을 안고 사라졌다. 항구에 도착한 테세우스는 그제야 모든 사실을 알게 되었다.

'아, 흰 돛으로 바꿔 다는 것을 잊어버리다니. 어떻게 이런 끔찍한 실수를 할 수 있단 말인가.'

테세우스는 자신의 잘못으로 아버지가 죽었다는 사실에 가슴을 치고 땅을 쳤다. 이렇게 해서 아폴론의 신탁은 수십 년의 세월을 뛰어넘어 이루어졌다. 아버지는 밖에서 얻은 아들 때문에 결국 죽음을 서둘러 불러들인 것이다. 그러나 그것이 신의 뜻이기만 했을까. 돛을 바꿔 다는 걸 잊어버린 테세우스의 망각은 자기도 모르는 사이에 저지른 자기기만은 아니었을까. 사랑하는 아버지이기 때문에 절대로 알아서는 안 될 진실이 테세우스의 마음 저 깊은 곳에 있었던 것은 아닐까. 아버지는 혹시 테세우스의 그 마음을 들여다보고 자기가 사라져 주는 것이 아들을 위하는 길이라고 느꼈던 것은 아닐까. 그렇다면 아리아드네는 정말 디오니소스가 데려간 것일까? 테세우스가 잃어버린 것은 아니었을까? 의도하지 않고 의도를 실행하는 길은 많지 않은가.

아테네로 돌아온 테세우스는 아버지의 왕위를 이어받았다. 사람들은 왕을 잃은 슬픔에 젖기보다 어린 자식들이 살아 돌아온 기쁨에 들떴다. 그리고 늙은 왕을 서둘러 보내고 젊은 새 왕을 맞아들였다. 환호하는 군중 사이를 걸어가는 테세우스의 얼굴은 웃음이 가득했고 빛이 났다. 그러나 눈썰미 있는 사람들은 그 빛나는 웃음 아래에 슬픔과 우울의 그림자가 깔려 있음을 보았다. 아무리 큰 기쁨도, 아무리 큰 성취도, 그만

한 크기에 육박하는 상실을 대가로 요구하는 법이니, 테세우스의 웃음 속에 감춰진 그림자가 그것을 넌지시 일러 주고 있었다.

밤이 되자 테세우스는 낮의 소란스러움을 뒤로하고 잠이 들었다. 꿈속에서 아리아드네를 보았다. 아리아드네는 가까이 오지 않고 서 있다가 멀리 사라졌다. 테세우스는 아리아드네를 부르다가 눈을 떴다. 목이 말랐다. 테세우스는 베개를 들춰 보았다. 베개 밑에는 실꾸리가 놓여 있었다. 아리아드네가 전해 주었던 실꾸리였다. 미궁을 들어갈 때 풀었고 미노타우로스를 죽이고 돌아 나올 때 감았던 그 실꾸리였다. 미궁의 문 앞에서 버리고 나올까 생각하기도 했지만 어쩐 일인지 버리면 안 될 것 같아 실꾸리를 챙겨서 항구까지 뛰었고 배에 올랐다. 테세우스는 흰 돛 다는 건 잊어버렸지만 실꾸리는 잊지 않고 챙겼다. 실꾸리를 베개 밑에 두고 자면 잠이 잘 들 것 같았고 아리아드네를 다시 만날 수 있을 것 같았다. 테세우스는 베개 밑의 실꾸리를 한참 동안 내려다보았다. 가는 아마로 짠 실에는 테세우스의 손에 묻었던 미노타우로스 피의 흔적이 남아 있는 것 같았다. 테세우스는 실꾸리를 손에 꼭 쥐었다.

작가의 말

내 마음속에 미궁의 이미지가 들어선 건 오래전 일이다. 십년도 훨씬 더 됐을 것이다. 커다란 아가리를 벌린 무섭고 두려운 곳, 그렇지만 끌어당기는 힘 때문에 한번 발을 들여놓으면 끝까지 갈 수밖에 없는 곳이 미궁이었다. 거기에 삶의 비밀스러운 해답, 오랫동안 찾아 헤매던 황금의 열쇠가 틀림없이 있으리라. 미궁은 단지 미로로 이루어진 궁전이 아니라 아득하게 멀고 깊은 암흑의 심장이었다. 그 미궁은 내 속에 들어앉아 어둡고 깊은 눈을 껌뻑거렸다. 그 뒤에 아리아드네의 실이 손에 잡혔고, 테세우스의 늠름한 어깨가 나타났고, 미노타우로스의 고독한 뿔이 솟아났다. 상상력의 바다를 표류하다가 걸리는 대로 하나씩 주워 모은 신화의 조각들이었다.

그렇지만 그 상상력의 조각들을 차례로 엮어 소설로 꾸며 낼 생각은 하지 못했다. 신화는 평면의 세계이지만, 소설은 입체의 세계다. 소설이 되려면 인물들 각자의 내면에 성격이 살아 숨 쉴 공간이 있어야 한다. 신화에서는 사건과 서사만 있으면 된다. 인물들은 아무런 내적 갈등 없이 가면을 쓴 배우처럼 하나의 얼굴로 각자에게 할당된 몫을 연기한다. 소설에서는 주인공을 포함한 인물 하나하나가 자기 안에 모순을 지니고 갈등의 돌부리에 걸려 비틀거리는 존재여야 한다. 신화의 주인공에게는 내면이라 할 만한 것이 없지만, 소설의 주인공이 되려면 욕망과 의지가 뒤엉킨 내적 공간이 있어야 한다. 그러니 상상력의 바다에서 신화의 파편들을 주워 모았다고 해서 바로 소설이 되지는 않는다.

　스무 살 무렵부터 소설을 그리워했지만 오래 소설 밖에서 소설을 바라보기만 했다. 그러다 지난해 봄 어느 날인가 미궁의 이미지가 손에 잡힐 듯 뚜렷해졌다. 두어 달 뒤 이번에는 테세우스와 아리아드네가 미궁의 문 앞에 마주 서는 장면이 나타났다. 이어 여름에 운 좋게도 천금 같은 시간이 생겼다. 책상 앞에 앉아 신화의 세계를 탐사하고 테세우스와 함께 아테네로, 크레타로, 그리고 마침내 미궁 속으로 모험을 떠났다.

　나는 상상력의 바다에서 건져 낸 신화의 조각들로 이야기의 집을 짓고, 다시 경험과 생각의 조각들을 그러모아 그 이야기의 집 안에 거주하는 인물들의 내면을 지어냈다. 인물들의 마음에 출몰하는 경쟁심과 질투심, 명예욕과 권력욕을 그려 보았다. 자유란 무엇인가, 시간이란 무엇인가, 그리고 죽음이란 무엇인가 같은 질문들에 대한 답을 찾아보았다. 인간은 신이나 짐승과 어떻게 다른가 하는 질문도 던져 보았다. 인간이란 자기 안에 미궁을 지니고 있기 때문에 인간이다. 신이나 짐승에게는 미궁이 없다. 신은 미궁을 간직할 이유가 없고 짐승은 미궁이 무엇인지 아예 모른다. 신은 모든 것을 다 알기 때문에 자기 안에 미궁을, 다시 말해 신 자신도 알지 못하는 미지의 것을 품고 있을 턱이 없다. 반대로 짐승은 자기 안에 미궁을 간직할 공간이 없다. 짐승에게는 내면세계도 없고 성찰도 의심도 없기 때문에 미궁이 생겨날 수가 없다. 미궁은 자기 자신을 되돌아보되 그 마음의 끝을 다 들여다보지 못하는 자에게만 존재한다. 그러므로 미궁은 지혜를 추구하되 완전한 지혜에 이르지 못한 자의 것이다. 다시 말해 미궁은 인간의 마음속에만 있다. 인간이 미궁이다. 인간은 자기 안의 미궁 속으로 들어가 그 미궁의 끝에서 또 다른 자기를 찾아낸다. 자기 내부의 분열과 갈등을 뛰어넘어 더 높은 합일을 향해 도약을 감행한다.

글을 구상하고 쓰는 과정에 도움을 준 자료들이 있다. 고대 그리스의 문법학자 아폴로도로스가 쓴 『그리스 신화』와 고대 로마 시인 오비디우스의 『변신 이야기』에서 이야기의 뼈대를 얻었다. 신화를 설명하고 묘사하는 몇몇 구절은 이 책들에서 빌려왔다. 헤시오도스의 『신들의 계보』와 플루타르코스의 『영웅전』, 토머스 불핀치의 『그리스 로마 신화』와 제임스 프레이저의 『황금 가지』, 에드거 파린 돌레르와 인그리 돌레르가 쓴 『그리스 신화』도 참고했다. 또 인물들의 마음을 탐사하는 데카를 구스타프 융의 분석심리학과 조지프 캠벨의 신화학 관련 저술들을 길잡이로, 조명등으로 사용했다. 특히 인간 내면의 모험과 정복이라는 아이디어는 융에게 빚진 것이 많다. 이밖에 여러 저작들의 도움을 받았다.

돌아보면 내 마음은 문학과 철학 사이에서 시계추와 같은 진자 운동을 했던 것 같다. 한때는 문학이 들숨과 날숨처럼 내 존재에 들러붙어 있었고, 그 뒤로 오랫동안 철학이 내 머리를 점령했다. 그러나 곰곰이 생각해 보면 문학이나 철학이나 다 인식의 도구이고 생각의 표현이라는 점에서는 다르지 않아 보인다. 감히 올려다보기도 벅차지만 위대한 문학은 저 아득한 높이에서 위대한 철학과 통한다. 서로가 서로를 부른다. 철학이 개념과 논리와 사유를 징검다리로 삼아 진리에 이른다면, 문학은 인물과 사건과 갈등의 숲을 지나 지혜에 이른다. 숲은 아주 커서 더 들어가면 들어갈수록 더 큰 지혜를 보여 줄 것이다. 그 지혜를 만나러 멀리 가 보고 싶다.

세심한 관찰과 생각으로 원고의 부실한 곳들을 잡아내 바로잡아 준 김태희 팀장께 감사한다. 거칠었던 원고가 사려 깊

170

은 편집자의 조언과 개입으로 한결 단정해졌다. 소설 쓰기에 도전해 볼 용기를 준 사계절출판사 강맑실 사장께도 감사의 말씀을 드린다.

2015년 9월

고명섭

미궁 -테세우스와 미노타우로스

2015년 9월 30일 1판 1쇄

지은이 : 고명섭

편집 : 김태희, 김민희, 배정옥, 나고은
제작 : 박흥기 | 마케팅 : 이병규, 최영미, 김선영

출력 : 한국커뮤니케이션 | 인쇄 : POD코리아 | 제책 : 정문바인텍

펴낸이 : 강맑실
펴낸곳 : (주)사계절출판사 | 등록 : 제406-2003-034호
주소 : (우)10881 경기도 파주시 회동길 252
전화 : 031)955-8588, 8558 | 전송 : 마케팅부 031)955-8595 편집부 031)955-8596
홈페이지 : www.sakyejul.co.kr | 전자우편 : skj@sakyejul.co.kr
독자카페 : 사계절 책 향기가 나는 집 cafe.naver.com/sakyejul
페이스북 : facebook.com/sakyejul | 트위터 : twitter.com/sakyejul

ISBN 978-89-5828-896-1 44810
ISBN 978-89-5828-473-4 (세트)

이 도서의 국립중앙도서관 출판시도서목록(CIP)은 e-CIP 홈페이지(http://www.nl.go.kr/cip.php)에서
이용하실 수 있습니다.(CIP제어번호: CIP2015025821)